Von Werner Hüper sind außerdem erschienen:

Die junge Frau mit Körbchen C ….
und die ganze Welt in Versen
ISBN: 9783734752872
*

Golf – Terrassengespräche
Berichte vom 19. Loch
ISBN: 9783734761454
*

Falsche Freunde
Kriminalroman
ISBN: 9783738616743
*

Vom Kreißsaal bis zum Alterssitz
Ein Leben in Versen
ISBN: 9783738646801
*

Kiez und Küste
Kriminalroman
ISBN: 9783739246635

Werner Hüper

Heißer Sex

und

Tiefkühlkost

Kriminalroman

Impressum:

Bibliografische Information der Deutschen
Nationalbibliothek:

Die Deutsche Nationalbibliothek verzeichnet diese
Publikation in der Deutschen Nationalbibliografie;
detaillierte bibliografische Daten sind im Internet
über www.dnb.de abrufbar.

© 2017 Werner Hüper

Herstellung und Verlag: BoD – Books on Demand,
Norderstedt

ISBN: 9783744869317

Die Tiefkühlkost ist sehr beliebt,
weil sie den Menschen Freizeit gibt.
Und in der Zeit, die man gewonnen,
sind Abenteuer schnell begonnen.

Partner werden angelogen
und bei wildem Sex betrogen.
Für einen zählt dabei die Lust
und für den anderen bleibt Frust.

So wie auf den nächsten Seiten,
wo zu lesen ist beizeiten,
dass heißer Sex mit Leidenschaft
so manche neue Leiden schafft.

***

1

Waldskofen, eine etwas verschlafene Gemeinde zwischen München und Rosenheim, hatte schon deutlich bessere Zeiten gesehen. Eigentlich passierte hier nichts. Nur auf die unrühmlichen Vorgänge, die sich hier vor ein paar Jahren abgespielt und den des Mordes bzw. der Anstiftung zum Mord überführten kriminellen Verantwortlichen des nahen Golfclubs lange Gefängnisstrafen eingebracht hatten, war es zurückzuführen, dass dieser unbedeutende Ort über die Landesgrenzen hinaus zu einem wenig beneidenswerten Bekanntheitsgrad gekommen war. Selbst in der Golfszene im fernen Schleswig-Holstein war dieser Kriminalfall heftig diskutiert worden. Inzwischen war allerdings wieder Ruhe eingekehrt, die Aufregung hatte sich gelegt. Man war sich in der Gemeinde einig, dass hier nichts passierte. Und das war eigentlich auch gut so. An das Geschehene erinnerte man sich nicht gerne.

Während andere Gemeinden und Städte der Region mit Ideen und Initiative die Chancen des Tourismusbooms zu nutzen verstanden, trat Waldskofen auf der Stelle. Und das hatte im Wesentlichen folgende Gründe: Es wurde innerhalb der zuständigen Gemeindegremien über den richtigen Weg der Vermarktung heftig gestritten, aber gleichzeitig versäumt, ein schlüssiges Marketingkonzept für den Tourismus zu entwickeln und umzusetzen. Natürlich gab es

Einigkeit in der Einschätzung, man müsse die sich bietenden Chancen besser nutzen. Damit waren aber die Gemeinsamkeiten bereits erschöpft. Da kam es ganz gelegen, dass der Bürgermeister in der überaus prekären Finanzlage der Gemeinde ein willkommenes Argument sah, chancenreiche Projekte bereits in der Entstehung scheitern zu lassen. Das ersparte ihm nämlich die Übernahme so mancher Aufgabe, deren Erledigung mit Arbeit verbunden und seiner Beamtenmentalität zuwider gelaufen wäre. Einwände wie „Man müsste doch mal…" oder „Sollten wir nicht….", die er immer wieder in Gemeinderatssitzungen zu hören bekam, waren ihm ein Gräuel. Es gab einfach zu viele Wichtigtuer, die sich in der Kommunalpolitik profilieren wollten. Dabei war doch aus seiner Sicht alles bestens, warum sollte man etwas verändern?

Die Auswirkungen dieser über viele lange Jahre hinweg auf Verhinderung ausgerichteten Gemeindepolitik wurden mit der Zeit für Bürger und Touristen gleichermaßen unübersehbar. Läden, die in ihrer Auslage lediglich das Schild ‚zu vermieten' zu bieten hatten, prägten das Bild der Hauptstraße.

Es liegt auf der Hand, dass es in diesem Umfeld auch um die Chancen für Unternehmer nicht besonders gut stand. Und so hatte auch die Sparkasse, die auf der Hauptstraße in Waldskofen eine Geschäftsstelle unterhielt, jedes Jahr um ein halbwegs gutes Geschäftsergebnis zu kämpfen. Da half es auch nicht, dass mit Walter Geiger ein sehr engagierter Filialleiter sich nach besten Kräften bemühte. Er hatte immer für jeden Kunden und Interessenten ein offenes Ohr und legte großen Wert auf die individuelle Betreuung der Geschäftskunden, für die er sich besonders viel Zeit nahm, ohne jedoch damit seine Filiale in die Erfolgsspur bringen zu können.

Mit seinen 42 Jahren glaubte er, noch nicht am Ende der Karriereleiter angekommen zu sein und unternahm alles, um in der Zentrale in der nahen Kreisstadt positiv aufzufallen. Da verstand es sich von selbst, dass er nicht permanent auf die Uhr schaute und sein Familienleben öfter mal zu kurz kam. Ob er denn nicht hin und wieder früher nach Hause kommen könne, wurde er von seiner Frau gefragt. Nein, das könne er nicht.

Er ging davon aus, dass seine Familie für seine berufliche Situation viel Verständnis aufzubringen hatte, er selbst schonte sich ja schließlich auch nicht. Zugunsten seines Jobs hatte er seit einigen Jahren auf sportliche Aktivitäten jeglicher Art verzichtet. Das Ergebnis dieser Nachlässigkeit war ein außer Kontrolle geratenes Körpergewicht, das in eher ungünstigem Verhältnis zu seiner Körpergröße von 1,72 m stand. Da er auch noch unter zunehmendem Haarausfall litt, was zu einer sehr hohen Stirn geführt hatte, war ihm das ehemals gute Erscheinungsbild bedauerlicherweise weitgehend abhandengekommen.

Vor 15 Jahren, als Walter Geiger seine Frau Sabine geheiratet hatte, sah das noch völlig anders aus. Da galt der fesche Walter noch als prächtiges Mannsbild mit besten Chancen bei den Madeln im Ort. Sabine und Walter hatten sich auf dem ‚Laternd'l-Maß-Fest' kennengelernt, das der Burschenverein, in dem Walter lange Jahre als erster Kassierer aktiv gewesen war, jedes Jahr veranstaltete. Schon bald nach diesem Fest beichtete Sabine ihrem Walter, dass der unter erheblichem Alkoholeinfluss zu später Stunde unternommene Ausflug hinter das Festzelt nicht ohne Folgen geblieben war. Sabine war schwanger.

Nun musste umgehend mit Hochzeitsvorbereitungen begonnen werden. Schließlich stand der gute Ruf Sabines auf dem Spiel. Aber es konnte größerer Schaden abgewendet werden.

Nur sieben Monate nach ihrer Hochzeit kam ihr Sohn Sebastian auf die Welt. Frühgeburten kommen ja schon mal vor. Natürlich wurde getuschelt, da könne ja wohl nicht alles mit rechten Dingen zugegangen sein. Jeder im Ort wusste schließlich um die Qualitäten Walters als Schürzenjäger. Das konnte ja nicht gutgehen.

Sebastian, der inzwischen das Gymnasium in Bruckmühl besuchte, machte seinen Eltern mit besten Noten sehr viel Freude. Seine Freizeit verbrachte er überwiegend im TC Bruckmühl-Feldkirchen, durch den er schon bald als außergewöhnliches Tennistalent gefördert wurde.

Vor der Geburt ihres Sohnes war Sabine als Reisekauffrau im Reisebüro Apoll in Feldkirchen-Westerham beschäftigt und berufsbedingt auch zu dem einen oder anderen Blick über die bayrischen Grenzen hinaus genötigt. Deshalb konnte sie sich mit der ausschließlichen Rolle als Hausfrau und Mutter nicht so recht anfreunden. Da Sebastian mit der Zeit immer selbständiger geworden war, wäre sie gern wieder in ihren Beruf zurückgekehrt. Allerdings war Walter strikt dagegen und vertrat die Meinung, dass sie sich umfassend um ihren gemeinsamen Sohn zu kümmern hätte und es wohl seinem Ruf als Chef der Bank schaden würde, wenn er seine Frau arbeiten ließe. Er verdiene doch wohl genug, um seiner Frau ein angemessenes Leben ohne Arbeit zu ermöglichen. Von dieser nun wirklich nicht mehr zeitgemäßen Einstellung ließ er sich nicht abbringen, wohl auch, weil seine Freunde im CSU-Ortsverein mit einer gewissen Sturheit am traditionellen Frauenbild festhielten und sicher kein Verständnis für allzu liberale Positionen aufgebracht hätten. Schließlich kam ihm als Leiter der örtlichen Sparkassenfiliale in gewisser Weise auch eine Vorbildfunktion zu. Nein, für ihn käme eine berufstätige Frau nicht in Betracht. Ende der Diskussion.

Walter ging ganz in seinem Job auf und vernachlässigte seine Frau immer mehr. Er hatte sich inzwischen so auf seine Karriere konzentriert, dass er kaum noch für die Bedürfnisse seiner Frau

Augen und Ohren hatte. Auch im Bett passierte seit einiger Zeit so gut wie nichts mehr.

So ergab es sich, dass Sabine ein ereignisarmes Leben im ebenso langweiligen Waldskofen fristete und im Laufe der Jahre immer unzufriedener mit ihrer Situation geworden war. Mit ihrer Freundin Maria, die nicht weit entfernt wohnte, unternahm sie hin und wieder einen Ausflug nach München, was wenigstens ein wenig Abwechslung brachte. Es war Maria natürlich nicht verborgen geblieben, dass es in der Ehe von Sabine und Walter nicht mehr zum Besten stand. Deshalb hatte sie ihrer Freundin geraten, sich nicht mit der Situation abzufinden. Ob sie sich denn nicht vorstellen könne, sich außerhalb der Ehe ein wenig zu vergnügen? Nein, das könne sie keineswegs.

Nun muss man wissen, dass Sabine mit ihren 38 Jahren eine äußerst attraktive Frau war, die, überall wo sie auftrat, die Blicke der Männer jeden Alters sofort auf sich zog. Sie hatte immer auf ihre Figur geachtet, kleidete sich geschickt und verstand es sehr gut, ihre langen schwarze Haare und ihre Figur, die Männer nervös und Frauen neidisch machte, in Szene zu setzen.

Maria Wenninger, die Freundin Sabines, konnte sich bei dem Tipp, den sie ihrer Freundin gegeben hatte, durchaus auf eigene Erfahrung berufen. Auch ihr Mann war beruflich stark beansprucht. Alfons Wenninger hatte es geschafft, Verkaufschef der örtlichen Brauerei zu werden, was häufige Reisen mit teilweise mehrtägiger

Abwesenheit mit sich brachte. Maria beklagte sich nicht darüber, sondern nutzte die gewonnene Freiheit für die eine oder andere Affäre. Sie nahm an, dass ihr Mann, wenn er in Hotels übernachtete, ebenso sich bietenden Gelegenheiten kaum würde widerstehen können. So schätzte sie ihn jedenfalls ein. Warum sollte sie dann zu Hause versauern? Sie lag mit der Beurteilung ihres Mannes übrigens durchaus richtig!

Alfons Wenninger genoss in seinem privaten Umfeld und in der Brauerei einen untadeligen Ruf. Man bewunderte ihn in der Gemeinde nicht zuletzt deshalb, weil er trotz seines aufreibenden Berufs noch genügend Zeit fand, maßgeblich im Kirchenvorstand mitzuarbeiten. Der sonntägliche Kirchgang war für ihn eine ebensolche Selbstverständlichkeit wie die anschließende Einkehr im Brauereigasthof, wo er sich als Repräsentant seines Arbeitgebers in der Pflicht sah.

Über seine außerehelichen Eskapaden, die nach seiner Meinung auf Geschäftsreisen nun einmal unausbleiblich waren, machte er sich weiter keine Gedanken. Schuldgefühle entwickelte er nur in geringem Umfang, außerdem ging er regelmäßig zur Beichte. Deshalb war sein Gewissen keiner sonderlichen Belastung ausgesetzt.

Maria Wenninger war selbstkritisch genug einzusehen, dass ihre Freundin deutlich mehr Chancen bei Männern hatte als sie selbst. Obwohl sie nur zwei Jahre älter war als Sabine, konnte sie mit einer vergleichbaren Erscheinung leider nicht aufwarten. Als ausgesprochene Naschkatze führte sie einen ständigen Kampf gegen überflüssige Pfunde. Besonders ihr nach ihrer Meinung etwas zu groß geratener Po störte sie gewaltig. Deswegen hatte sie vor einigen Wochen bereits einen Schönheitschirurgen in München aufgesucht und sich wegen einer OP beraten lassen, die zu einem besser modellierten Hinterteil führen sollte. Als allerdings ihr Mann davon erfuhr, hing einige Zeit der Haussegen schief.

„Du spinnst wohl. Was soll der Unfug? An Dir wird nicht herumgeschnippelt, ich will Dich so, wie Du bist."

Alfons hatte sich so aufgeregt, dass sie ihr Vorhaben wieder aufgab. Das ausgeprägte Gesäß würde also seine derzeitige Form behalten. Maria und eventuelle Liebhaber mussten sich damit abfinden. Ihr morgendlicher Blick in den Spiegel war von da an allerdings noch kritischer als bisher.

Den Plan, sich außerehelich ein wenig Abwechslung zu verschaffen, gab sie jedoch nicht auf. Sie würde schon Männer finden, die ein ausladendes Hinterteil sexy fanden.

Sie war überrascht, wie einfach geeignete Partner für ihre erotischen Eskapaden zu finden waren. Ohne sich auf komplizierte Beziehungen einlassen zu müssen, konnte sie sich ihre sexuellen Wünsche erfüllen.

Mit ihren Erfahrungen hielt Maria ihrer Freundin gegenüber nicht hinter dem Berg. Im Gegenteil, mit der Schilderung ihrer amourösen Erlebnisse versuchte sie ihre Freundin zu überzeugen, doch auch einmal außereheliche sexuelle Kontakte zu suchen. Sie hätte ja wohl ausreichend Nachholbedarf, der auf diese Weise genussvoll zu decken sei.

Sabine hatte mit einer gewissen Neugier aufmerksam zugehört. Nach ihrer ursprünglich ablehnenden Haltung musste sie sich eingestehen, dass sie immer öfter an ein derartiges Abenteuer dachte. An Nächte voller Leidenschaft konnte sie sich kaum noch erinnern, so lange war das her. Doch dann verwarf sie den Gedanken wieder. Wo sollte sich denn für sie schon eine Gelegenheit zum Fremdgehen ergeben? Die Freiheiten, die Maria wegen der häufigen Reisen ihres Mannes hatte, gab es für sie nicht. Und hier in dem verschlafenen Waldskofen, wo jeder jeden kannte, würde die Nachricht über eine Affäre innerhalb kürzester Zeit in aller Munde sein. Das konnte und wollte sie nicht riskieren. Außerdem hätte das wohl alle beruflichen Chancen ihres Mannes zunichte gemacht. Ein Banker, dessen Frau fremdging? Unmöglich, jedenfalls in Bayern.

***

2

Maria Wenninger hatte ihr Leben inzwischen perfekt organisiert. Es war ihr gelungen, ihrem Alfons klarzumachen, dass sie keineswegs das vor kurzem bezogene Haus allein pflegen könne. Es müsse unbedingt eine Haushaltshilfe zu ihrer Unterstützung engagiert werden. Alfons hatte gleich zugestimmt, weil ihm das ziemlich egal war und er überhaupt keine Gedanken auf derlei Belanglosigkeiten verschwenden wollte. Ihm war sein beruflicher Erfolg wichtig, alles andere war zweitrangig.

Maria hatte ihren Wunsch nach häuslicher Unterstützung noch mit der Bemerkung ergänzt, sie selbst würde sich natürlich um die Küche, Einkäufe und damit um sein leibliches Wohl kümmern. Die neue Haushaltshilfe solle lediglich den wöchentlichen Hausputz und die Wäsche übernehmen. Maria dachte, so würde sie genügend zeitlichen Spielraum gewinnen, um uneingeschränkt ihren persönlichen Neigungen nachgehen zu können. Der Hinweis auf die Küche war allerdings nur taktischer Art. Aufwendige Koch- und Backaktionen hatte sie längst zugunsten ihrer dominierenden Leidenschaft geopfert.

Mit der Zeit war sie auch deutlich mutiger geworden, wenn es um ihr Outfit ging. Sie bevorzugte kurze Röcke, durch die ihre gut gewachsenen Beine besonders zur Geltung kamen. Ansonsten kamen nur hautenge Oberteile zum Einsatz, möglichst tief ausgeschnitten, mit denen sie ungeniert und aufreizend ihren Busen zur Schau stellen konnte.

Maria saß gerade an ihrem Computer und checkte Zuschriften, die sie in letzter Zeit häufiger über ein Internetportal erreichten, auf dem sie sich zum Zweck der Partnersuche hatte registrieren lassen. Plötzlich klingelte es. Vor der Tür stand ein sympathischer junger Mann.

„Grüß Gott, ich bin von der Firma ‚frost & lecker' und möchte Ihnen unser Programm vorstellen. Wir würden Sie gerne mit Tiefkühlkost beliefern. Darf ich Ihnen einen Katalog überreichen?"

Er sah gepflegt aus, hatte eine sehr sportliche Figur und sein 3-Tage-Bart passte ausgezeichnet zu ihm. Maria schätze ihn auf Mitte zwanzig. Sie musterte ihn einen Moment und dachte spontan, dass der Kerl sicher interessanter für sie sein könnte als die von ihm angebotene Tiefkühlkost. Mit einem hintergründigen Lächeln fragte sie ihn etwas zu anzüglich: "Was haben Sie denn so zu bieten?"

„Wir sind der Marktführer für Tiefkühlkost und haben eine Niederlassung in Rosenheim, von wo wir Sie alle zwei Wochen zuverlässig bedienen können." Auf die offensichtliche Anmache von Maria reagierte er nicht.

Maria wollte jedoch nicht so schnell aufgeben, denn der junge Mann interessierte sie schon sehr. Deshalb schlug sie vor: „Kommen Sie doch herein, dann kann ich mich von Ihren

Vorzügen überzeugen." Sie nahm sich vor, mit ihm zu flirten. Vielleicht bot sich ja die Chance auf ein prickelndes Abenteuer mit ihm.

Der junge Mann hatte die Zweideutigkeit ihrer Einladung offensichtlich nicht verstanden, denn mit den Worten: „Ja gerne, Sie werden erstaunt sein, wie umfangreich das Angebot ist", betrat er das Haus und folgte Maria ins Wohnzimmer. Sie bat ihn, auf der Couch Platz zu nehmen und setzte sich neben ihn, nicht ohne darauf zu achten, dass ihr ohnehin kurzer Rock ziemlich weit nach oben rutschte und den Blick auf ihre knackigen Oberschenkel freigab.

„Möchten Sie etwas trinken? Vielleicht ein Glas Sekt?" Maria bemühte sich um eine Atmosphäre, in der sie mutmaßlich leichter zu ihrem Ziel kommen würde. Leider vergeblich.

„Nein danke, während der Arbeit darf ich keinen Alkohol trinken. Und außerdem habe ich auch nicht so viel Zeit. Ich habe feste Liefertermine einzuhalten. Pünktlichkeit ist ein Markenzeichen unseres Unternehmens. Unsere Kunden können sich auf uns verlassen."

Maria fand ihn eine Idee zu dienstbeflissen, sah aber ein, dass ‚auf die Schnelle' bei ihm wohl nichts zu erreichen sein würde. Deshalb schlug sie vor: „Na gut, dann lassen Sie mir den Katalog hier. Ich werde mir in Ruhe alles ansehen und Sie dann anrufen. Liefern Sie auf Wunsch auch in den Abendstunden aus?" Bei dieser Frage sah sie ihn vieldeutig an. Er musste doch irgendwie aus der Reserve zu locken sein.

„Ja natürlich, neben unserem festgelegten Routenplan – wie gesagt gibt es hier einen zweiwöchigen Rhythmus – vereinbaren wir auch gerne Wunschtermine. Sie können im Internet oder auch telefonisch bestellen. Rufen Sie einfach in unserer Filiale an."

Diese Aussage verstärkte sofort Marias Hoffnung, ihn zu einem späteren Zeitpunkt doch noch für ein Schäferstündchen gewinnen zu können. Sie gedachte nämlich eine Bestellung vorzubereiten und an einem Abend ausliefern zu lassen, an dem ihr Mann auf Geschäftsreise sein würde. Heute musste sie ihre Bemühungen einstellen, denn der junge Mann drängte darauf, sie noch kurz über die wichtigsten Sonderangebote im Katalog hinzuweisen und verabschiedete sich dann.

„Entschuldigen Sie, dass ich jetzt nicht mehr Zeit habe. Schauen Sie sich den Katalog an. Sie werden sicher viele für Sie interessante Produkte finden. Wir freuen uns auf Ihre Bestellung."

Mit diesen Worten verschwand er und ließ eine einigermaßen enttäuschte Maria zurück. Sollte ihre Wirkung auf Männer nachgelassen haben? Unvorstellbar. Wo sie doch gerade den Sex mit jüngeren Männern so sehr liebte.

Sie griff zum Telefon, um ihrer Freundin Sabine von dem attraktiven Verkaufsfahrer und ihrem Vorhaben zu berichten.

„Hallo Sabine, ich habe gerade Besuch von der Firma ‚frost & lecker' gehabt. Hast Du Zeit? Dann komme ich kurz zu Dir und berichte. Das ist wirklich interessant." Sie klang so, es hätte sie eine aufregende Geschichte zu erzählen.

„Ach der junge Mann? Der war bei mir auch. Ich habe gleich bestellt. Die haben wirklich tolle Sachen im Angebot. Ich denke, damit kann ich viel Zeit in der Küche sparen."

Sabines Reaktion überraschte Maria. „Und wie findest Du ihn?" wollte sie wissen.

„Nett, aber was soll die Frage? Das ist ein junger Mann, bestimmt 15 Jahre jünger als Du." Sabine kannte ihre Freundin gut. Deshalb wunderte sie sich auch nicht über Marias offensichtliches Interesse, aber als ein wenig daneben empfand sie es schon. Musste es ausgerechnet ein Verkaufsfahrer sein?

„Maria, vergiss es. Du hast genug andere Affären. Lass die Finger von ihm!" Sabine gedachte Maria diese ‚Entgleisung' auszureden, war sich aber nicht sicher, ob sie damit Erfolg haben könnte. Meistens setzte Maria nämlich ihren Kopf durch und ließ sich nicht beirren.

„Sag mal Sabine, muss ich mich wundern? Bist Du selbst an ihm interessiert?" Auf diese Idee war Maria gekommen, weil Sabine noch nie versucht hatte, ihr in ihre Männerbekanntschaften hineinzureden.

„Quatsch. Der Kerl ist mir gleichgültig, ich will bei ihm nur Tiefkühlkost kaufen." Damit war das Gespräch zu Ende.

In der Folge wurden die Freundinnen gute Kundinnen der Firma ‚frost & lecker', die sich tatsächlich durch ausgezeichnete Ware und regelmäßige, pünktliche Lieferungen auszeichnete.

Maria war es trotz aller Bemühungen und vielerlei Tricks nicht gelungen, den attraktiven Verkaufsfahrer in ihr Bett zu bekommen. Er reagierte auf ihre Avancen nicht und zog sich immer wieder elegant aus der Affäre. Eines Tages, als es ihm zu bunt geworden war, wies er sie zurück:

„Sie sollten Ihre Versuche einstellen, ich bin glücklich verliebt und werde im nächsten Jahr heiraten. Selbstverständlich beliefere ich Sie gerne weiter, aber lassen Sie bitte die ständigen Annäherungsversuche."

Dass er nicht auf ältere Frauen stand, verschwieg er aus Höflichkeit.

***

3

Ludwig Lüneburg, der Niederlassungsleiter der Firma ‚frost & lecker' in Rosenheim, verdankte seine Position einer besonderen Eigenschaft, die bei weniger qualifizierten Führungskräften leider häufig anzutreffen ist. Während die Mitarbeiter unter strengem Regiment leiden, wird gegenüber Vorgesetzten geschleimt und gebuckelt. Genau ein solcher Typ war Lüneburg, der wegen seiner etwas zu knapp ausgefallenen Körpergröße – er war nur 1,70 m groß – unter geradezu krankhaftem Geltungsdrang litt und mit unbeherrschtem und manchmal sehr peinlichem Auftreten seine Komplexe zu überspielen suchte. Die Mitarbeiter hatten sich inzwischen an ihn gewöhnt. Selbst die Sorge um ihren Arbeitsplatz hielt sie ein ums andere Mal nicht davon ab, über seinen Führungsstil zu lächeln und ihn wegen seiner mangelhaften Kinderstube hinter vorgehaltener Hand zu verspotten.

Über die schnelle Karriere dieses unbeherrschten Machos hatte man sich zunächst gewundert, allerding nur, bis bekannt wurde, dass er in der Firma mächtig Rückenwind hatte. Der Zufall wollte es, dass ausgerechnet ein früherer Schulfreund Lüneburgs bei ‚frost & lecker' als Regionaldirektor tätig war und ihn nach Kräften förderte. Wer täglich mit ihm arbeitete, erkannte jedoch schnell, dass es über die Leitung der Niederlassung hinaus trotz seiner erst 45 Jahre für ihn kaum weitere Aufstiegschancen geben konnte. Für mehr würde seine Qualifikation einfach nicht ausreichen, denn schon jetzt entsprach sie nicht annähernd den Anforderungen, die an einen Niederlassungsleiter gestellt wurden.

Bärbel Winter, seine Sekretärin, hatte sich bestens mit ihm arrangiert. Bei ihr hielt sich Lüneburg mit seinen Ausfällen zurück, weil er wusste, wie dringend er sie zur Bewältigung seiner Aufgaben brauchte. Sie hatte ihn längst durchschaut und verstand es blendend, mit seiner Unfähigkeit umzugehen. „Ja, Herr Lüneburg, selbstverständlich, Herr Lüneburg" – und dann tat sie das, was sie für richtig hielt. Genaugenommen leitete sie die Niederlassung. Sie hielt sich aber geschickt zurück, wenn sie es für richtig hielt.

Wenn bei Vertriebstagungen besondere Verkaufserfolge der Niederlassung durch die Firmenleitung herausgestellt und prämiert wurden, sah sie lächelnd zu, wenn Lüneburg sich im Lob der Vorgesetzten sonnte. Er war so von sich überzeugt, dass ihm niemals die Idee gekommen wäre, seine Sekretärin oder andere Kollegen für den Erfolg wenigstens mitverantwortlich zu machen. Sich bei seinen Mitarbeitern zu bedanken, war seine Sache ohnehin nicht.

Die ganze Mannschaft der Niederlassung schätzte die 32jährige Bärbel wegen ihrer Hilfsbereitschaft. Mit Umsicht und Diskretion sorgte sie dafür, dass alles seinen geordneten Gang nahm und nur unwichtige Vorgänge beim Chef landeten. Hinzu kam, dass sie sehr hübsch war und mit ihren langen blonden Haaren und einer Modelfigur der Niederlassung auch optisch zu erfreulichem Glanz verhalf.

Inzwischen war ihre einflussreiche Rolle allen Mitarbeitern, aber auch vielen Kunden bekannt. Niemand ging davon aus, dass von Ludwig Lüneburg irgendwann einmal positive Impulse ausgehen würden. Man traute ihm einfach nichts zu. Wie sehr man sich jedoch in ihm täuschte und dass er sehr wohl Ideen zu seinem persönlichen Vorteil entwickeln konnte, sollte sich erst sehr viel später erweisen.

Die Mitarbeiter empfanden das Betriebsklima in der Niederlassung trotz ihres Chefs als ausgesprochen angenehm. Im Wesentlichen war dies das Verdienst von Bärbel, die großen Einfluss auf den Chef hatte und es gut verstand, in angemessener Weise etliche Entscheidungen in ihrem Sinne zu beeinflussen. So hatte sie auch dafür gesorgt, dass Martin Seidl, der bisher im Kreis Miesbach für ‚frost & lecker' unterwegs gewesen war, bei der nächsten sich bietenden Gelegenheit ein deutlich attraktiveres, weil umsatzstärkeres Verkaufsgebiet im Kreis Rosenheim übernehmen konnte. Auf den 35jährigen gut aussehenden Martin Seidl hatte Bärbel schon länger ein Auge geworfen. Martin hatte schwarze Haare, blaue Augen und einen sportgestählten Körper, der nicht nur bei Bärbel, sondern eigentlich bei allen Kolleginnen ein gewisses Interesse ausgelöst hatte.

Martin spürte das und erwiderte die schmachtenden Blicke mit vielsagendem Lächeln. Bärbel flirtete mit ihm auf Teufel komm raus, obwohl sie wusste, dass Martin verheiratet war. Offensichtlich war er aber nicht abgeneigt, sich mit anderen Frauen zu vergnügen. Sie nahm sich fest vor, auszuprobieren, wie weit er wohl gehen würde.

Die Gelegenheit dazu ergab sich anlässlich der alljährlichen Vertriebstagung, die in Frankfurt stattfand. Nach dem offiziellen Programm machte sich Bärbel an Martin heran und bat ihn, sie in die Bar des Hotels zu begleiten, wo sie gemeinsam noch etwas trinken könnten.

„Bitte Martin, begleite mich, ich möchte nicht allein in die Bar gehen. Du weißt ja, wie Frauen ohne Begleitung in Hotelbars angemacht werden."

Mit diesen Worten verbarg sie geschickt ihre Absicht, ihn zu verführen. Es sollte sich aber schnell zeigen, dass das gar nicht so schwierig sein würde. Martin war nämlich absolut kein Kind von Traurigkeit. Als sie die Hotelbar betraten, wurden gerade ein paar Plätze an der Theke frei. Er half ihr auf einen Barhocker, was wegen ihres engen Rocks etwas schwierig war.

Mit den Worten: „Hier ist es aber heiß" begann sie ihre Kostümjacke auszuziehen. Er war behilflich, nicht ohne dabei zärtlich über ihren Rücken zu streichen. Jetzt bedauerte sie, dass sie wegen der offiziellen Tagung so züchtig gekleidet war. Zu gern hätte sie sich vor dem Barbesuch noch umgezogen und ihre hochgeschlossene weiße Bluse gegen ein weit ausgeschnittenes Top ausgetauscht, aber sie wollte unbedingt zusammen mit Martin in die Bar gehen und verhindern, dass er sich anderen Kolleginnen zuwandte. Nun musste es eben auch so gehen, ihr wohlgeformter Busen, den sie gerne etwas großzügiger gezeigt hätte, blieb verborgen, auch wenn sie wenigstens die oberen Knöpfe ihrer Bluse öffnete.

„Guten Abend, was darf es für sie sein?" Der dunkelhäutige, sehr gepflegte Barkeeper schaute sie lange an. Er war offensichtlich von ihrer Erscheinung beeindruckt. Auch sie fand ihn sympathisch und äußerst interessant. Aber sie war ja jetzt mit Martin hier, dem ihre ganze Aufmerksamkeit gelten sollte. Einen Moment dachte sie, dieser Mann hinter der Bar wäre durchaus eine Sünde wert, aber diesen Gedanken verwarf sie sofort wieder.

„Einen ‚Tocco Rosso' hätte ich gerne", sagte sie selbstbewusst.

„Ich nehme ein Bier", kam von Martin. „Ich muss erst einmal meinen Durst löschen."

Dann schauten sie erwartungsvoll dem Barkeeper bei der Zubereitung der Getränke zu. Inzwischen hatte sich an den Flügel, der neben der kleinen Tanzfläche stand, ein Klavierspieler gesetzt. Schon bald sorgte er mit dezenter Musik für die Atmosphäre, die so typisch für eine gut geführte Hotelbar ist.

Martin prostete ihr zu. „Zum Wohl und auf einen schönen Abend!"

„Und eine schöne Nacht!" entgegnete sie vieldeutig, war sich dabei allerdings nicht sicher, ob er ihr ziemlich eindeutiges Angebot so verstanden hatte, wie sie es gemeint hatte.

Die Zweifel lösten sich jedoch in Luft auf, als er sie zu den verführerischen Klängen der Barmusik auf die Tanzfläche bat. Sie fand Martin in seinem dunkelblauen Anzug und dem hellblauen Hemd noch attraktiver als sonst. Es tat ihr gut, dass er sie ganz dicht an sich heranzog, um mit ihr eng umschlungen im langsamen Rhythmus der Musik zu tanzen. Die Berührung, bei der sie auch seine Erregung spürte, löste in ihr heftiges Verlangen aus. Sie wollte unbedingt mit ihm die Nacht verbringen.

„Ich möchte mit Dir noch eine Flasche Champagner trinken, auf meinem Zimmer", hauchte sie ihm ins Ohr und presste dabei ihren Busen an ihn. Langsam glitt seine rechte Hand von ihrem Rücken weiter nach unten. Mit großer Lust spürte sie, wie er sie noch näher an sich heran zog und sie seine Erektion spüren ließ. Sie fühlte sich ihrem Ziel sehr nahe. Und welcher Mann hätte wohl in einer solchen Situation noch einen Rückzieher gemacht? Es kam so, wie sie es beabsichtigt hatte.

„Ok, gehen wir gleich auf Dein Zimmer, oder trinken wir vorher noch aus?" Plötzlich wollte Martin den Lauf der Dinge beschleunigen.

„Lass uns lieber gleich gehen, wir sollten die Nacht nutzen. Morgen müssen wir wieder rechtzeitig im Tagungsraum erscheinen." Bärbel war jetzt so scharf auf ihn, dass sie keine weitere Verzögerung hätte ertragen können. Sie wollte ihre Eroberung genießen, und zwar intensiv und ausgiebig.

Martin ließ die Zeche auf sein Zimmer schreiben und bestellte eine Flasche ‚Veuve Clicquot' auf ihr Zimmer. Im Aufzug gab es keine Zurückhaltung mehr. Endlich konnten sie sich leidenschaftlich küssen. Als sie ihr Zimmer betraten, war ihr vorher so korrektes Outfit bereits außer Fasson geraten.

Die Nacht voller Ekstase war viel zu schnell vorbei. Doch das war ja nur der Anfang ihrer erotischen Beziehung, da waren sich Bärbel und Martin einig. Dieser einen Liebesnacht sollten noch viele folgen. Allerdings bestand Martin auf höchste Geheimhaltung. Niemand in der Firma sollte von ihrem Verhältnis erfahren, schließlich war er verheiratet.

„Bärbel, niemand darf auch nur ahnen, dass wir ein Verhältnis haben. Ich möchte auf gar keinen Fall meine Ehe gefährden!"

„Natürlich nicht." Sie antwortete mit einem geheimnisvollen Lächeln, denn sie wusste, was er besser nicht wissen sollte.

***

4

Wie in den meisten bayrischen Firmen war es auch bei der 'frost & lecker' Niederlassung in Rosenheim Tradition, in jedem Jahr einen gemeinsamen Besuch des Oktoberfestes in München zu organisieren. Auch im vergangenen Jahr hatte man dem Organisationstalent Bärbels vertraut, die mit der gewohnten Umsicht für alle Vorbereitungen verantwortlich war. Dazu gehörte die rechtzeitige Reservierung im ‚Augustiner', dem Zelt der ältesten Münchner Brauerei, in dem die bayerische Gemütlichkeit einen besonders hohen Stellenwert hat. Nur hier wird das Bier noch aus traditionellen Holzfässern gezapft, den Hirschen. Und natürlich wird auch im Augustiner auf den Bierbänken getanzt, die rund 6.000 Besuchern Platz bieten.

Eine der Aufgaben Bärbels war, dem Chef klarzumachen, dass am Tag des Oktoberfestbesuchs jegliche Aktivitäten in der Firma bereits am frühen Nachmittag einzustellen wären. Schließlich müssten spätestens um 17:00 Uhr die reservierten Plätze im ‚Augustiner' eingenommen sein. Es war nicht besonders schwierig, Ludwig Lüneburg zu überzeugen. Auch wenn er in vielen anderen Fragen uneinsichtig war, hier wusste er genau, dass der Betriebsfrieden auf dem Spiel stand. In Sachen Oktoberfestbesuch verstand man keinen Spaß. Aber das war in vielen bayrischen Firmen nicht anders.

Selbstverständlich waren wie immer die Ehe- und Lebenspartner dabei. Nun ist ja bekannt, dass auf dem Oktoberfest kräftig geflirtet wird und dass es zu vorgerückter Stunde nicht immer bei einem Flirt bleibt. So manche Liaison nahm auf der Wiesn ihren Anfang. So kann es nicht überraschen, dass jeweils neun Monate nach der Wiesn die Geburtenrate in München einen signifikanten Anstieg verzeichnet, was in den einschlägigen Statistiken nachzulesen ist. Offensichtlich hat unmäßiger Alkoholgenuss eine fatale Auswirkung auf die Zuverlässigkeit der jeweils gewählten Methode zur Empfängnisverhütung.

Auch eine Affäre zwischen Katharina, Martins Frau, und Andreas Klausner, der auch bei ‚frost & lecker' als Verkaufsfahrer tätig war, begann auf der Wiesn. Andreas hatte schon seit längerer Zeit ein Auge auf die hübsche Katharina geworfen, sich aber sehr zurückgehalten, weil er Rücksicht auf seinen Kollegen nehmen wollte. Katharina hingegen, die ihren Martin genau kannte und wusste, dass er nicht unbedingt zu den treuesten Ehemännern gehörte, wäre durchaus bereit gewesen, mit Andreas, den alle Andi nannten, ein Abenteuer zu wagen. Andi war ein paar Jahre jünger als Martin, sah umwerfend aus und immer bestens gelaunt. Er hatte eine derart positive Ausstrahlung, dass besonders die Damenwelt seinem Charme kaum widerstehen konnte.

Bei dem erwähnten Oktoberfestausflug war es nun passiert. Die Kapelle spielte gerade zum x-ten Mal: „Ein Prosit! Ein Prosit der Gemütlichkeit! Ein Prosit! Oans, zwoa, drei – g'suffa!", als Andi und Katharina plötzlich unbemerkt das Augustinerzelt verließen, weil sie allein über die Wiesn bummeln wollten. Als sie an der Hexenschaukel vorbeikamen, meinte Andi: „Warst Du da schon einmal drin? Nein? Das musst Du erlebt haben."

Gesagt getan. Und schon amüsierten sie sich in dieser Illusionsschaukel, die auch ‚drehbares Haus' genannt wird. Es handelt sich hierbei um eine der ältesten Jahrmarktillusionen, die vor mehr als hundert Jahren nach einer amerikanischen Idee in Deutschland eingeführt wurde. Bei dieser verblüffenden Täuschung wird der Raum von außen um die Schaukelachse gedreht, wodurch der Gleichgewichtssinn gestört wird.

Weniger gestört war beider Drang nach noch mehr Intimität, als sie hier auf der Wiesn in der Hexenschaukel möglich gewesen wäre. Ob Andi denn nicht einmal auf einen Kaffee vorbeikommen könne, wenn ihr Mann Martin unterwegs wäre? Doch, das könne er sehr wohl. Vielleicht gleich morgen? Katharina war sich sicher, dass Andi verstanden hatte, was sie wirklich von ihm wollte: Sex.

Andi hatte sehr wohl begriffen, dass soeben eine neue Affäre begonnen hatte. In der Firma sollte natürlich niemand davon erfahren. Äußerste Diskretion war angesagt.

Die getroffenen Vorsichtsmaßnahmen reichten jedoch leider nicht aus. Bärbel Winter, die im Auftrag Lüneburgs die Routenplanungen der einzelnen Verkaufsfahrer zu überprüfen hatte, war aufgefallen, dass nach dem erwähnten Oktoberfest häufig eine Adresse in Andis Planung vermerkt war, die außerhalb seines Gebiets lag. Es war nicht schwierig, diese Adresse zuzuordnen und Eins und Eins zusammenzuzählen. Auf diese Ungereimtheit angesprochen, gab Andi zu, Katharina regelmäßig zu besuchen. Bärbel zeigte Verständnis für Katharina und Andi und versprach zu schweigen. Gleichzeitig sah sie gute Chancen, den betrogenen Martin für sich zu gewinnen. In dieser Annahme hatte sie sich bekanntermaßen nicht getäuscht.

Wer nun als Leser vermutet, dass es bei ‚frost & lecker' in Rosenheim ziemlich unmoralisch zuging, liegt völlig richtig. Doch es sollte noch besser kommen.

***

5

Sabine Geiger war inzwischen genau wie ihre Freundin Maria Wenninger eine treue Kundin von 'frost & lecker' geworden. Alle 14 Tage füllte sie ihren Tiefkühlschrank mit leckeren Gerichten auf, wobei sie eine besondere Vorliebe für die knackigen Gemüse, die delikaten Eintöpfe und die herrlichen Maultaschen entwickelt hatte. Es war so überaus bequem, mit den tiefgefrorenen Zutaten ohne lange Vorbereitungen gut schmeckende Mahlzeiten zu zaubern. Das Ergebnis wusste auch ihr Mann Walter zu schätzen. Sein fordernder Beruf erlaubte ihm einfach nicht, immer pünktlich Feierabend zu machen. Da kam es sehr gelegen, dass Sabine mit Einsatz der Tiefkühlkost in kürzester Zeit das Essen auf den Tisch bringen konnte.

Eines Tages staunte Sabine nicht schlecht, als 'frost & lecker' mit einer für sie überaus beeindruckenden Überraschung aufwartete. Vor der Tür stand ein neuer Verkaufsfahrer, dessen Erscheinung Sabine erst einmal sprachlos machte.

„Grüß Gott, ich bin Martin Seidl und habe dieses Verkaufsgebiet von meinem Kollegen, der Sie bisher beliefert hat, übernommen. Zukünftig werde ich alle 14 Tage zu Ihnen kommen. Auf Wunsch natürlich auch öfter."

Dabei lächelte er sie auf eine Art an, die sie schwach werden ließ. Der Kerl sah ja unverschämt gut aus. Sofort schoss ihr durch den Kopf, wie sehr ihre Freundin auf sie eingeredet hatte, sie solle sich doch endlich etwas Abwechslung von ihrem langweiligen Walter verschaffen.

„Grüß Gott, kommen Sie doch bitte herein", hauchte sie ihm entgegen. Er folgte ihr in die Küche, wo sie ihm den Zettel mit ihren Einkaufswünschen überreichte.

Während er am Kühlfahrzeug die Waren zusammenstellte, dachte sie fieberhaft darüber nach, wie sie sein Interesse wecken könnte. Aber kaum hatte sie sich eingestanden, dass sie ihn wirklich näher kennenlernen wollte, stand er mit dem gefüllten Einkaufskorb wieder in der Küche und präsentierte ihr die Rechnung. Völlig aufgekratzt und übereilt bezahlte sie. Als er sich verabschiedet hatte und sie wieder allein in der Küche stand, fiel ihr ein, was sie hätte alles zu ihm sagen können. Verärgert über sich selbst und enttäuscht räumte sie ihren Einkauf in den Tiefkühlschrank, der sich im Keller befand. Immerhin hatte sie erkannt, dass dieser Herr Seidl überaus freundlich war und sie charmant angelächelt hatte. Auch war ihr nicht entgangen, dass er geradezu gierig auf ihren Busen gestarrt hatte, dessen Konturen unter dem engen T-Shirt, das sie heute trug, besonders deutlich zu sehen waren. Na gut, dachte sie, heute war das noch nichts, aber in 14 Tagen kommt er ja wieder.

Die Begegnung mit Martin Seidl ließ Sabine keine Ruhe. Ständig drehten sich ihre Gedanken um den nächsten Besuch der Firma ‚frost & lecker'. Sie nahm sich fest vor, sich dann weniger zurückhaltend zu verhalten und ihre weiblichen Reize einzusetzen. Und sie wollte auf jeden Fall bestens vorbereitet sein. Doch dazu wäre es gut zu wissen, wann genau er in zwei Wochen vor ihrer Tür stehen würde. Dann kam ihr die Idee, schon vorab eine Bestellung aufzugeben und mit 'frost &

lecker' einen festen Liefertermin zu vereinbaren. Genau, das war es! Sie musste die Initiative ergreifen. In ihrem ‚Kopf-Kino' sah sie genau, wie alles ablaufen würde. Die Bilder machten sie nervös und versetzten sie zunehmend in Erregung.

Als ihr Mann Walter am Abend nach Hause kam, war sie immer noch ziemlich durcheinander und kaum in der Lage einen Gedanken zu fassen, der nicht mit dem attraktiven Martin Seidl zu tun hatte. Walter Geiger war höchst irritiert. So hatte er seine Frau noch nicht erlebt.

„Schatz, was ist mit Dir los? Du wirkst so unkonzentriert, ist was passiert? Muss ich mir Sorgen machen?"

„Es ist nichts, ich bin nur auf der Terrasse eingeschlafen", log sie. „Leider habe ich auch noch kein Essen vorbereitet."

„Das macht doch nichts, wir gehen einfach ins Restaurant. Was hältst Du davon, wenn wir in den Biergarten vom ‚Ayinger Bräustüberl' fahren? Ich hätte Lust auf eine zünftige Brotzeit."

Walter ging davon aus, dass bei dem herrlichen Wetter sicher auch einige seiner Kunden den Weg nach Aying in den Biergarten finden würden und er – so nebenher – für das Geschäft den einen oder anderen Kontakt würde pflegen können.

„Ja, das ist mir recht." Sabine war froh, nicht noch kochen zu müssen. Dabei wären ihre Gedanken ohnehin nur bei dem netten Verkäufer von der Firma 'frost & lecker' gewesen. Im

Biergarten gab es vielleicht Ablenkung. Eventuell würden sie ja auch Bekannte treffen, dann müsste sie sich nicht mit ihrem Mann unterhalten, wozu sie jetzt überhaupt keine Lust hatte.

Im Herzen von Aying, behütet von alten Bäumen und gleich neben der Dorfkirche, lag das ,Ayinger Bräustüberl', seit seiner Erbauung 1873 eine bayerische Traditions- und Schankwirtschaft, nicht zu verwechseln mit dem ,Brauereigasthof Hotel Aying', in dem es deutlich vornehmer zuging als im Bräustüberl. Im Brauereigasthof der Familie Inselkammer gaben sich - neben den Hotelgästen - auch ,wichtige' Mitglieder der Münchner Schickeria die Ehre. Es war einfach angesagt, nach dem Motto ,sehen und gesehen werden' einen Ausflug nach Aying aufs Land zu unternehmen. Selbst der Rotary Club München-Land hielt sein wöchentliches Meeting jeweils montags in dem beliebten Brauereigasthof ab.

Im Gastraum und im wunderschönen Biergarten des Bräustüberls hingegen ging es sehr viel bodenständiger zu. Einheimische und Ausflügler aus dem Umland trafen sich an blanken Holztischen zu einer deftigen Brotzeit und bayerischer Hausmannskost und genossen die frisch gezapften Ayinger Biere. Fleisch und Wurst wurden von Metzgern aus der Umgebung geliefert, die Brezn waren die besten weit und breit und das Bier gab es jeden Tag ab 17 Uhr aus dem Holzfass. Genau darauf hatte sich Walter Geiger an diesem Abend gefreut. Er gedachte mit seiner Sabine ein paar schöne Stunden zu verbringen, was leider nur bedingt möglich war, weil sie mit ihren Gedanken irgendwie abwesend schien.

Walter bestellte sich frischen Leberkäs und ein Ayinger Weißbier, während Sabine lediglich eine Weißweinschorle trinken wollte, Appetit hatte sie keinen.

„Jetzt erzähl endlich, was passiert ist. Mit Dir stimmt doch etwas nicht. Hast Du ein Problem?" Walter wollte jetzt unbedingt wissen, warum seine Frau so fahrig und ungewohnt wortkarg war.

„Es ist nichts. Ich ärgere mich, weil ich dein Essen nicht rechtzeitig fertig hatte." Eine bessere Ausrede fiel ihr spontan nicht ein. Sie konnte ihm ja wohl kaum auf die Nase binden, dass sie mit ihren Gedanken bei diesem tollen Kerl von 'frost & lecker' war. Die Vorstellung, ihn zum Sex zu verführen, ließ sie nicht mehr los. Das erste Mal seit 15 Jahren Ehe empfand sie die Nähe ihres Mannes als unangenehm.

***

6

Am nächsten Vormittag vertiefte Sabine sich in den Katalog von 'frost & lecker' und stellte eine Liste der Waren zusammen, um deren baldige Lieferung sie bitten wollte. Eigentlich konnte und mochte sie gar nicht an Essen denken, aber es musste ja wenigstens eine Bestellung dabei herauskommen, für die sich ein Extra-Liefertermin lohnen würde. Nachdem sie den umfangreichen Katalog mehrmals durchgeblättert hatte, entschied sie sich für Fertiggerichte, von denen sie sicher war, dass ihr Mann sie gerne essen würde. Obwohl das eigentlich egal war, denn Walter war absolut kein Feinschmecker. Sie war sich nicht einmal sicher, ob er den Unterschied zwischen frisch zubereitetem Essen und Tiefkühlkost überhaupt schmeckte.

Auf dem Einkaufszettel standen endlich Semmel- und Leberknödel, Wiener Schnitzel, rustikaler Schweinebraten in Bratensauce und Südtiroler Apfelstrudel. Schließlich erinnerte sie sich noch, dass ihre Freundin Maria so von der Barbecue-Pfanne geschwärmt hatte. Also kam die noch dazu. Hinter den einzelnen Positionen hatte sie die jeweiligen Bestellnummern notiert, so dass die telefonische Bestellung funktionieren musste. Bei einer Auftragssumme von deutlich über fünfzig Euro dürfte es keine Probleme geben, so dachte sie.

„Grüß Gott, hier ist die Firma ‚frost & lecker'. Ich bin Bärbel Winter. Was kann ich für Sie tun?" Wenn die Bestellannahme überlastet und kein Anschluss frei war, wurden die Anrufe in das Sekretariat umgeleitet. So hatte auch Bärbel Winter häufiger Bestellungen aufzunehmen, was ihr aber überhaupt nichts ausmachte. Im Gegenteil. Auf diese Weise hatte sie hin und wieder auch Kontakt zu den Kunden und war somit stärker in das Tagesgeschäft eingebunden. Das machte ihr Spaß.

„Ich habe eine Bestellung, die besonders dringend ist. Wann können Sie denn liefern?" Sabine nannte ihre Kundennummer und gab ihre Bestellung auf.

„Frau Geiger, normalerweise kommen wir erst wieder in zwei Wochen zu Ihnen. Aber wenn es so eilt, schaue ich mal, was ich für Sie tun kann." Es dauerte einen Moment, Bärbel schaute in den Tourenplan von Martin Seidl.

„Unser Fahrer könnte am Donnerstag zwischen 10 und 12 Uhr zu Ihnen kommen. Würde Ihnen das passen?"

Bärbel bemühte sich eigentlich immer, die Pläne der Verkaufsfahrer nicht zu kurzfristig zu ändern. Manchmal ließ sich das jedoch nicht vermeiden. Sie achtete immer sehr darauf, Kundenwünsche zu berücksichtigen. Dies war offensichtlich so ein Fall, bei dem man durch besonderen Service eine Kundin fester an das Unternehmen binden konnte. Und Martin würde sie das schon erklären. Er musste einfach diesen Termin einschieben.

„Oh ja, das passt mir gut. Vielen Dank." Sabine dachte sofort daran, dass ihr Sohn Sebastian donnerstags nach der Schule nicht direkt nach Hause kam. An diesem Tag ging er immer zum Tennistraining beim TC Bruckmühl - Feldkirchen, wo er vor dem Training auch noch etwas essen konnte. Der Pächter der Gastronomie hatte eine

Schwäche für die jungen Spieler und unterstützte die Jugendmannschaft nach Kräften, u.a. mit einem kostenlosen Essen am Trainingstag.

Sabine kam das an diesem Donnerstag natürlich sehr gelegen, denn so konnte sie sich ganz auf den Besuch des attraktiven Mitarbeiters der Firma 'frost & lecker' konzentrieren und musste für Sebastian nichts kochen. Sie wollte alle Register ziehen, die ihr als Frau reichlich zur Verfügung standen, um endlich wieder geilen Sex zu erleben.

Am Abend vorher konnte sie ihre Nervosität kaum verbergen. Insofern war es ihr nicht unangenehm, dass ihr Mann sich nach dem Abendessen in sein Arbeitszimmer zurückzog, um irgendwelche Verträge durchzuarbeiten, die er am nächsten Tag dem Vorstand vorzulegen hatte. Sie nahm das zum Anlass, sehr früh zu Bett zu gehen. Schnell einschlafen konnte sie jedoch nicht. Zu sehr war sie mit den Gedanken bei dem, was sich am nächsten Morgen ereignen sollte. Es beschäftigte sie dabei allerdings eine Sorge. Was wäre, wenn dieser Typ, der sie so sehr beeindruckt hatte, gar nicht für diesen Extra-Termin eingeplant worden war und ein Kollege die Auslieferung übernehmen würde? Sie wollte sich das gar nicht vorstellen und verwarf diesen Gedanken auf der Stelle wieder. Irgendwann schlief sie dann doch ein. Dass ihr Mann wenig später auch schlafen ging, nahm sie nicht mehr wahr.

***

7

Am nächsten Morgen war Sabine immer noch - oder schon wieder - sehr verwirrt. Es begann damit, dass sie vergaß, die Kaffeemaschine anzustellen. Das ärgerte ihren Mann Walter, weil er es eilig hatte. Zu einem Termin mit dem Vorstand zu spät zu kommen, kam für ihn nicht in Betracht. Es gab also heute die Semmel, die er wie immer morgens jeweils zur Hälfte mit Honig und Zwiebelmettwurst zu sich nahm, ohne seinen geliebten Kaffee. Beim Kaffee bestand er darauf, dass die Milch einen Fettgehalt von max. 4% hatte. Zucker vermied er, wenn überhaupt, musste es Süßstoff sein. Aber heute kam der Kaffee wegen der Nachlässigkeit von Sabine zu spät auf den Tisch. Er musste auf diesen allmorgendlichen Genuss verzichten, was seine Laune stark beeinträchtigte.

„Was soll das?", fauchte er sie an. „Du weißt doch, wie wichtig dieser Termin ist. Ich sitze bis spät in der Nacht an den Verträgen und Du bringst nicht einmal rechtzeitig das Frühstück auf den Tisch. Wo hast Du nur Deine Gedanken?"

Sie schwieg. Sebastian, ihr Sohn, saß am Frühstückstisch und dachte sich nur: „Geht das schon wieder los?" Ihm war aufgefallen, dass seine Eltern in letzter Zeit immer häufiger wegen irgendwelcher Belanglosigkeiten stritten und der Haussegen deshalb oft schief hing. Was war nur mit ihnen los?

Sabine wurde an diesem Morgen bewusst, dass es mit ihrer Ehe eigentlich schon länger nicht mehr stimmte. Wie hatte sich Walter nur verändert? Einen solchen Pedanten hatte sie nicht geheiratet. Süßstoff und Magermilch! Als ob das irgendetwas an der Tatsache ändern würde, dass seine Figur nicht mehr zu seiner Körpergröße passte. Im Gegenteil, er war unsportlich und hatte sich sehr zu seinem Nachteil verändert. Aus seinem Verhalten ihr gegenüber - er war in letzter Zeit immer unbeherrschter, ungerechter und auch rücksichtsloser geworden - leitete sie nun das Recht ab, sich außerhalb ihrer Ehe die Freude am Leben zurückzugewinnen. Einen großen Anteil an dieser Erkenntnis hatte natürlich ihre Freundin Maria, die ihr immer wieder empfohlen hatte, auf den ungehobelten Kerl keine Rücksicht mehr zu nehmen. Gleichwohl schloss Sabine eine Trennung aus. Einmal aus Rücksicht auf ihren Sohn, andererseits wollte sie aber auch nicht auf die Versorgung verzichten, die durch Walter und dessen Stellung bei der Bank langfristig auf komfortable Weise gesichert war.

Endlich verließen Walter und Sebastian das Haus. Wie jeden Morgen wurde Sebastian von seinem Vater an der S-Bahn-Station abgesetzt, damit er rechtzeitig das Gymnasium in Bruckmühl erreichte.

Für die Vorbereitung auf das geplante Vorhaben, den begehrenswerten 'frost & lecker'-Verkaufsfahrer zu verführen, blieben Sabine jetzt gut zwei Stunden. Zunächst nahm sie ein Bad mit einem anregenden Badezusatz, das sie ausgiebig genoss. Dabei ließ sie ihrer Fantasie freien Lauf. In ihrer Vorstellung erlebte sie Sex in höchster Ekstase und erinnerte sich daran, dass ihre Freundin ihr vorgeschwärmt hatte, welchen Lustgewinn eine Intimrasur garantiere. Jetzt war sie in der richtigen Stimmung, das auszuprobieren.

Nachdem sie der Wanne entstiegen war und sich mit einem weichen Frotteetuch abgetrocknet hatte, sah sie sich im Spiegel an. Sie war mit ihrer Erscheinung sehr zufrieden und fand, dass sie für ihr Alter einen sehr attraktiven, erotischen Körper hatte. Also warum nicht eine Intimrasur? Ihre Freundin Maria musste es bei ihren häufigen Dates schließlich wissen.

Einige Zeit später betrachtete sie sich das Ergebnis und war begeistert. Es fühlte sich gut an. Sie war sich allerdings nicht sicher, ob ihre Begeisterung allein ihrer inzwischen starken sexuellen Erregung zuzuschreiben war. Aber egal, jetzt wurde es Zeit, das geeignete Outfit auszuwählen. Sie stand vor ihrem Wäscheschrank und stellte mit einer gewissen Enttäuschung fest, dass sie aufreizende erotische Dessous gar nicht besaß. Auch hier zeigten sich die Auswirkungen einer mit der Zeit langweiliger gewordenen Ehe. Sie nahm sich fest vor, schon bald in München nach geeigneter Wäsche zu schauen. Aber was sollte sie heute anziehen?

Dann kam ihr die Idee, die sie nach kurzer Überlegung auch umzusetzen gedachte. Wie wäre es, wenn sie so tun würde, als wäre sie gerade im Bad gewesen, als es klingelte? Dann könnte sie doch im Bademantel die Tür öffnen und auf Unterwäsche völlig verzichten. Der Gedanke, unter dem Bademantel dem Objekt ihrer Begierde splitternackt gegenüber zu stehen, steigerte ihre Geilheit noch einmal deutlich. Jetzt konnte sie die Begegnung kaum erwarten.

Es war 10:30 Uhr, Sabine wartete mit Ungeduld und war sich inzwischen nicht mehr sicher, ob ihr Vorhaben auch gelingen könnte. War ihr Auftritt im Bademantel nicht etwas zu eindeutig, ja geradezu aufdringlich? Was, wenn sie gar nicht sein Typ war und er sie abweisen würde? Die Blamage wollte sie sich lieber nicht vorstellen, es musste einfach gelingen. Trotzdem überkamen sie Zweifel. Hatte nicht ihre Anziehungskraft stark nachgelassen? Warum wollte ihr Mann nichts mehr von ihr wissen? Sollte sie das Vorhaben nicht lieber abbrechen und sich züchtig anziehen?

In diesem Moment klingelte es. Durch das Küchenfenster sah sie vor der Tür den 'frost & lecker'-Wagen stehen. Sie eilte zur Haustür und sah durch den Spion Martin Seidl, den Verkaufsfahrer, auf den sie so scharf war. Ihr Herz schlug höher. Schnell zog sie den Bademantel über ihrem Busen zusammen, band den Gürtel enger und öffnete die Tür.

„Grüß Gott, die Firma „frost & lecker", Ihre Bestellung ist da." Martin stand mit einem charmanten Lächeln vor ihr.

„Grüß Gott, vielen Dank, ich freue mich sehr." Sie hatte Mühe, die wenigen Worte hervorzubringen, so sehr aufgeregt war sie. Was für ein toller Mann!

„Wo darf ich denn die Ware abstellen?" Er hatte einen Transportbehälter mit den von ihr bestellten Waren dabei.

„Es wäre mir sehr recht, wenn Sie mir alles in den Keller bringen würden, da steht unser Tiefkühlschrank."

Teil ihres Plans war, ihn ins Tiefgeschoss zu locken, wo im Vorraum zur Sauna Ruheliegen standen, die für ein Schäferstündchen besonders geeignet waren. Sie hoffte, dass er ihrer Bitte, ihr beim Einräumen der Tiefkühlware behilflich zu sein, nachkommen würde. Schließlich hatte 'frost & lecker' diesen Service ausdrücklich angeboten, wie sie auf der Homepage der Firma gelesen hatte.

„Aber selbstverständlich, das mache ich gerne." Er folgte ihr die Kellertreppe hinunter und in den Vorratsraum, in dem der Tiefkühlschrank stand, und stellte den Warenkorb vor dem Schrank ab. Sie öffnete die Tür und beugte sich hinab, um die unterste Schublade auszuziehen. Dabei fiel ihr Bademantel oberhalb des Gürtels auseinander und gab den Blick auf ihre nackten Brüste frei, deren steif aufgerichteten Nippel ihre Erregung zeigten.

„Moment, ich helfe Ihnen." Martin beugte sich nun auch hinab und gab vor, die Tiefkühlware in den Schrank räumen zu wollen. Tatsächlich war er von dem gebotenen Einblick sehr angetan und hatte spontan kein besonders ausgeprägtes Interesse mehr an den gelieferten Waren, sondern fühlte einen starken Drang, das ihm so freizügig unterbreitete Angebot anzunehmen. Sie machte nicht die geringsten Anstalten, ihre Blöße zu bedecken. Im Gegenteil, sie sorgte dafür, dass der Bademantel sich weiter öffnete und ihm weitere Einblicke ermöglichte. Da sie keinen Slip trug, konnte er sich sehr schnell davon überzeugen, dass sie rasiert war.

„Hast Du etwas Zeit mitgebracht?", hauchte sie ihm ins Ohr. „Ich möchte Dir noch mehr zeigen." Dabei streichelte sie über seinen Oberschenkel.

„Halt, langsam, wir müssen erst die Tiefkühlkost einräumen", mit einem leichten Grinsen schob er sie zur Seite, wohl wissend, dass er dieses Angebot kaum würde ausschlagen können.

„Die Kühlkette darf nicht unterbrochen werden." Inzwischen war auch er erregt, wovon sie sich mit einem fordernden Griff in seinen Schritt bereits überzeugt hatte.

Die nächste Kundin musste auf ihre Lieferung leider etwas länger warten. Der Verkaufsfahrer Martin Seidl hatte angerufen und erklärt, er werde sich wegen einer Autopanne um ca. eine Stunde verspäten.

***

8

In den folgenden Wochen trafen sich Sabine und Martin immer häufiger. Es hatte sich ein sehr intensives Verhältnis zwischen ihnen entwickelt. Bei der Tourenplanung war Martin sehr geschickt, so dass er Sabine auch dann jeweils in den Vormittagsstunden besuchen konnte, wenn sie keine Bestellung aufgegeben hatte.

Bärbel Winter hatte als Assistentin und Sekretärin die Tourenpläne der Verkaufsfahrer zu koordinieren und war für die Abrechnungen verantwortlich. Da Martin Seidl auch die Beziehung zu Bärbel zu ‚pflegen' wusste und so manche Stunde bei ihr verbrachte, genoss er besondere Privilegien. So übersah sie die eine oder andere Unregelmäßigkeit in seinen Abrechnungen und vernachlässigte ihre Kontrollpflicht. Zu sehr schätzte sie seine Qualitäten als Liebhaber, als dass sie ihn angeschwärzt hätte. Dass er als verheirateter Mann außer mit ihr auch noch mit einer anderen Frau ein Verhältnis haben könnte, zog sie nicht einmal in Erwägung, so vernarrt war sie in ihn.

Sabine war vor jedem Treffen aufgeregt und in freudiger Erwartung. Sie war süchtig nach diesem für sie völlig neuen hemmungslosen Sex mit Martin, dessen unerschöpflichen Ideen sie immer wieder überraschten. Endlich erlebte sie die Höhepunkte, die sie in der Ehe mit Walter so lange hatte entbehren müssen. Erstaunlicherweise nahm ihr Ehemann ihre Veränderung nicht wahr. Sie war viel ausgeglichener, zufriedener geworden und präsentierte sich meistens mit bester Laune. Walter registrierte das, dachte aber über mögliche Gründe für diese positive Wandlung nicht weiter nach. Er ging einfach davon aus, dass seine Frau die Ehe mit ihm in gesicherten Verhältnissen als angenehm empfand und mit ihrem Leben glücklich war.

Maria hingegen war sehr wohl aufgefallen, dass sich ihre Freundin verändert hatte. Wenn sie sich trafen, so wie vor ein paar Tagen an der Austernbar im Kaufhof am Marienplatz in München, wo die frischen ‚Sylter-Royal' besonders lecker waren, machte Sabine neuerdings einen völlig anderen Eindruck. Vorbei waren die Phasen, in denen sie über ihre langweilige Ehe lamentiert und sich neidisch die Erzählungen Marias von neuen erotischen Abenteuern angehört hatte. Nun konnte sie endlich mithalten und hielt sich auch mit Details nicht zurück.

Maria hörte aufmerksam zu und wunderte sich. Dieser Martin, der ja auch bei ihr regelmäßig im Auftrag der Firma 'frost & lecker' auftrat, musste ja im Bett ein toller Hecht sein. Deshalb bemerkte sie gegenüber Sabine, die gerade wieder von seinen Qualitäten als Liebhaber geschwärmt hatte: „Das hört sich ja geil an, ich sollte ihn vielleicht auch einmal in mein Bett holen!"

„Untersteh Dich, Du hast genug Lover in Deinem Adressbuch. Lass die Finger von ihm!" Sabine hatte unmissverständlich in deutlich erhöhter Tonlage geantwortet.

„Selbstverständlich, das war doch nur ein Scherz! Es hörte sich gerade so an, als wärst Du ein wenig in ihn verliebt?" Natürlich würde Maria wegen eines Mannes niemals die Freundschaft mit Sabine aufs Spiel setzen.

„Nein, ich finde ihn zwar sehr nett, aber wir treffen uns nur zum Sex. Schließlich ist er wie ich verheiratet."

Sabine war sich nicht sicher, wie weit Maria in ihrer Sexsucht gehen würde. Längst hatte sie bemerkt, dass ihre Freundin deutliche Anzeichen von Nymphomanie zeigte. Und da konnte man sich nie sicher sein. Aber jetzt war sie doch einigermaßen beruhigt.

Sie suchte Augenkontakt zu dem jungen Mann hinter der Bar, der sich durch einen besonders aufmerksamen Service auszeichnete, und den sie bereits beim geschickten Öffnen der Austern bewundert hatte. Als er reagierte und sie freundlich anlächelte, bestellte sie zwei Gläser Prosecco. Die Freundinnen prosteten sich zu und fanden sich beide unwiderstehlich.

Sabine war der Meinung, niemand außer ihrer Freundin würde von den häufigen Besuchen Martins erfahren. Und von Maria drohte keinerlei Gefahr, auf deren Diskretion konnte sie sich hundertprozentig verlassen.

Leider hatte sie nicht mit ihrer Nachbarin Eva Dreist gerechnet, die das kleine Häuschen neben Geigers nach dem Tod ihres Mannes allein bewohnte. Die einzige Aufgabe, der sich Frau Dreist widmete, war die Pflege ihres kleinen Gartens. Darüber hinaus verfügte die ältere Dame über eine Menge Zeit, die sie vorrangig nutzte, um das Leben in der Nachbarschaft aufmerksam zu beobachten. Ihr entging nichts. Niemals. Demzufolge auch nicht die Tatsache, dass dieser Typ von der Firma 'frost & lecker' auffällig oft bei den Geigers auftauchte. Da half es auch nicht, dass der Lieferwagen ein ums andere Mal in der Nebenstraße geparkt wurde. So konnte man sie nicht täuschen. Irgendetwas stimmte hier nicht.

Frau Eva Dreist nahm sich vor, ein Auge auf die Nachbarn zu werfen. Schließlich hat man ja ein Interesse daran, dass alles mit rechten Dingen zugeht! So dachte sie.

***

9

Katharina, die Frau von Martin Seidl, hatte sich anfänglich etwas darüber gewundert, dass Martin sie seit einiger Zeit etwas vernachlässigte. Immer häufiger kam er abends ziemlich kaputt nach Hause und hatte wenig Interesse, mit ihr noch etwas zu unternehmen. Sie nahm an, dass es mit dem neuen Verkaufsgebiet zu tun hatte, das ihn offensichtlich deutlich mehr forderte. Der positive Aspekt war die gestiegene Provision, die sie sehr gut gebrauchen konnten. Allerdings fiel ihr auch auf, das sein Interesse an Sex mit ihr spürbar nachgelassen hatte. Sie nahm jedoch an, das sei wohl nach ein paar Jahren Ehe normal.

Andererseits konnte sie mit dieser geringeren ‚Sex-Frequenz' ganz gut leben. Seit dem Oktoberfest, auf dem sie sich mit Andreas Klausner, dem Kollegen ihres Mannes, näher gekommen war, machte der ihr regelmäßig die Aufwartung. Die häufigen ‚Schäferstündchen' in der Mittagszeit waren für sie willkommene Abwechslung vom Ehealltag. Im Wechsel von zwei attraktiven Männern verwöhnt zu werden, empfand sie als ausgesprochen angenehm.

Eines Tages hatte Andi ihr erzählt, dass die Sekretärin, Frau Winter, leider hinter ihr Geheimnis gekommen war, aber von dieser Seite drohe wohl kaum eine Gefahr der Entdeckung. Frau Winter sei ausgesprochen verschwiegen und hätte ihm Diskretion zugesagt. Natürlich hatte er keine

Ahnung von der Beziehung zwischen Bärbel Winter und Martin Seidl.

Nach einiger Zeit wurde die Angelegenheit deutlich komplizierter, jedenfalls für Katharina. Ihre monatliche Regel war ausgeblieben und der in der Apotheke im Nachbarort diskret besorgte Schwangerschaftstest betätigte ihre Befürchtung: Sie war schwanger. Eigentlich erfüllte sich ein vom Anfang ihrer Ehe an gehegter Wunsch. Sie wollte unbedingt eine richtige Familie mit Kindern. Nur gab es jetzt eine Schwierigkeit, sie wusste nicht, wer der Vater war. In der fraglichen Zeit hatte sie sowohl mit ihrem Mann Martin als auch mit Andi Sex. Was nun?

Katharina war völlig durcheinander und wusste zunächst nicht, wie sie mit der eigentlich frohen Botschaft umgehen sollte. Ihrem Mann die Affäre beichten? Unmöglich! Schließlich hielt sie es für das Beste, einfach davon auszugehen, dass das Kind von Martin sein würde. Er sollte sich mit ihr über den Nachwuchs freuen. Und warum sollte er Verdacht schöpfen, er wusste ja nicht, dass sie auch mit Andi geschlafen hatte?

Die Konsequenz, die sie für unausbleiblich hielt, war allerdings, die Beziehung zu Andreas zu beenden. Als werdende Mutter konnte sie sich wohl kaum leisten, den Kontakt zu ihrem Lover aufrecht zu halten. Zwar hatte sie einmal gelesen, dass bei Frauen in der Schwangerschaft die Lust auf Sex häufig zunehmen würde, aber damit würde sie schon fertig werden. Sie hatte ja ihren Mann Martin, der sich eben mehr um sie kümmern müsste. An der Trennung von Andreas ging jedenfalls kein Weg vorbei.

***

10

Zu den wenigen Aufgaben, die Walter Geiger in Haus und Garten hin und wieder übernahm, gehörte - trotz seines zeitraubenden Berufs - das Mähen des Rasens. Dazu erklärte er sich schweren Herzens am Wochenende bereit, sofern das Wetter eine derartige Tätigkeit erlaubte. Spötter unterstellten ihm, er sei über Regen am Samstag erfreut, weil ihm dann die Gartenarbeit erspart blieb.

Eines Tages, die Sonne schien und Walter schob den Motormäher gerade an der Grenze zum Nachbargrundstück entlang, versuchte Frau Dreist auf der anderen Seite des Zauns heftig gestikulierend auf sich aufmerksam zu machen. Walter stellte den Rasenmäher aus.

„Hallo Frau Dreist, was gibt es? Schönes Wetter heute."

Die Geigers hatten eigentlich wenig Kontakt zu Frau Dreist, die in der ganzen Siedlung den Ruf genoss, überall herumzuschnüffeln und ohne Unterlass irgendwelche Gerüchte in die Welt zu setzen. Es wurde erzählt, wer Kontakt zu Frau Dreist hätte, könne seine Zeitung abbestellen. So war es gut nachvollziehbar, dass Walter Geiger über das aufgezwungene Gespräch nicht sehr erfreut war.

„Danke Herr Geiger, gut dass ich Sie treffe. Ich wollte Sie nämlich einmal etwas fragen."

„So? Was wollen Sie denn wissen? Schießen Sie los." Eigentlich war ihm das lästig, was konnte er der aufdringlichen Alten denn schon erzählen?

„Kocht Ihre Frau nicht mehr?", begann sie ihre scheinheiligen Nachforschungen.

„Wie kommen Sie denn darauf? Natürlich kocht meine Frau, mittags für sich und unseren Sohn und abends für die ganze Familie. Aber warum interessiert Sie das?" Sie konnte einem wirklich auf die Nerven gehen.

„Naja, ich dachte mir, so viel Tiefkühlkost, wie bei Ihnen angeliefert wird, kann doch keine Familie verzehren." Jetzt war es heraus. Sie war gespannt, wie er wohl darauf reagieren würde.

„Wie kommen Sie denn darauf?" Was sollte diese blöde Fragerei? Was ging sie das überhaupt an?

„Wie ich darauf komme? Wenn die Firma 'frost & lecker' so oft bei Ihnen auftaucht, macht man sich ja so seine Gedanken. Ich verstehe allerdings nicht, warum der Verkaufsfahrer seinen Wagen häufig in der Nebenstraße parkt. Übrigens ein sehr sympathischer, attraktiver junger Mann."

„Was soll das heißen?" Er wurde jetzt etwas nervös.

„Ich will ja nichts gesagt haben, aber vielleicht vernachlässigen Sie ja Ihre Frau? Sie sollten etwas mehr auf sie achten." Ihr Tonfall hatte etwas Triumphierendes an sich.

„Ich glaube, sehr geehrte Frau Dreist, jetzt gehen Sie zu weit. Kümmern Sie sich um Ihre eigenen Angelegenheiten und lassen Sie mich in Ruhe. Guten Tag."

Geiger warf verärgert den Motormäher wieder an, so dass er ihre schnippische Antwort nicht mehr verstehen konnte.

Trotz der Abfuhr, Frau Dreist hatte ihr Ziel erreicht. Der Stachel saß tief. Walter grübelte und fühlte sich total verunsichert. Was, wenn seine Frau sich tatsächlich mit einem Kerl traf und ihn schändlich hinterging? Was die Alte erzählt hatte, war sicher nicht aus der Luft gegriffen, auch wenn sie nicht den besten Ruf hatte. Er musste sich unbedingt Gewissheit verschaffen.

Den Rest des Wochenendes verbrachte er in seinem Arbeitszimmer und überlegte fieberhaft, wie er die Wahrheit herausbekommen könnte. Seine Frau direkt auf die Vorwürfe anzusprechen, schloss er aus. Wenn sie wirklich fremdging, würde sie das wohl kaum zugeben.

Zu den Mahlzeiten erschien er mürrisch und saß schweigsam an seinem Platz. Der Appetit war ihm vergangen. Als er gefragt wurde, ob mit ihm irgendetwas nicht stimme, verwies er auf

Stress im Beruf. Er wollte einfach nicht reden. Die gute Laune seiner Frau, die er in den letzten Wochen positiv empfunden hatte, erschien ihm bei näherer Überlegung höchst verdächtig. Jetzt war er deswegen eher beunruhigt.

Am Abend, er war früh zu Bett gegangen, konnte er nicht einschlafen. Zu sehr war er mit dem von der Nachbarin ausgesprochenen Verdacht beschäftigt. Er grübelte und suchte nach einem Weg, die Wahrheit aufzudecken.

Da kam ihm der zündende Gedanke. Vor einiger Zeit hatte seine Sparkassenfiliale mit einem Betrüger zu tun, der einen Kredit über einen größeren Betrag nicht zurückgezahlt und zur Abwehr der gegen ihn gerichteten Forderungen Privatinsolvenz angemeldet hatte. Sein Vermögen hatte er rechtzeitig vor dem Zugriff geschützt und im Ausland angelegt. Dies zu beweisen, hatte die Rechtsabteilung der Sparkasse einen Privatdetektiv beauftragt, der dafür gesorgt hatte, dass dem Kunden die Unterschlagung nachgewiesen werden konnte. Als Filialleiter hatte Walter Geiger in dieser Angelegenheit mehrfach Kontakt mit dem Privatdetektiv. Er erinnerte sich an die ihm überreichte Visitenkarte, auf der dieser Herbert Luchs seine Dienste anbot, u.a. auch die individuelle Observierung von Personen.

Das war die Lösung. Walter würde seine Sabine und diesen Verkaufsfahrer von 'frost & lecker' überwachen lassen und die Sache aufklären. So oder so. Inständig hoffte er, dass sich der Verdacht nicht bestätigen würde und Frau Dreist nur Unfug erzählt hatte.

***

11

Herbert Luchs war als Kriminalbeamter frühzeitig pensioniert worden, wollte aber seine Fähigkeiten und die in vielen Dienstjahren angeeigneten Kenntnisse noch ein wenig weiter nutzen. So richtete er in Rosenheim - mehr oder weniger als Hobby - eine Detektei ein, die unerwartet schon nach kurzer Zeit ziemlich erfolgreich war. Zu seinen Kunden gehörte auch die örtliche Sparkasse, der er hin und wieder bei sensiblen Vorgängen als diskreter Privatdetektiv zu Hilfe kam.

An diesem Vormittag saß er im Büro des Filialleiters der Sparkasse in Waldskofen und hörte sich dessen Wünsche an. Walter Geiger erläuterte sein Anliegen. Es gäbe da einen - wahrscheinlich unbegründeten - Verdacht seine Frau betreffend. Möglicherweise hätte sie ein Verhältnis mit einem Verkaufsfahrer von der Firma ‚frost & lecker', was er sich zwar nicht vorstellen könne, worüber er aber doch Klarheit haben wolle. Ob er, Herr Luchs, denn einen solchen Auftrag übernehmen würde und mit welchen Kosten da wohl zu rechnen sei?

Und es verstehe sich ja von selbst, dass er auf äußerste Diskretion bestehen müsse.

Herbert Luchs schaute ihn lange an. „Wollen Sie wirklich genau wissen, was Ihre Frau während Ihrer Abwesenheit treibt? Ich übernehme den Auftrag gern, aber ich warne Sie. Meistens enden derartige Überwachungen im Fiasko."

„Warum? Ich habe doch ein Recht darauf, zu erfahren, ob meine Frau mir treu ist." Walter wirkte entschlossen.

„Nehmen wir einmal an, Ihre Frau ist unschuldig, das Ganze stellt sich als Irrtum heraus. Sollte Ihre Frau von der Überwachung durch einen dummen Zufall erfahren, wird sie über das fehlende Vertrauen Ihrerseits verärgert sein, und Sie haben eine Ehekrise. Geht Sie tatsächlich fremd, sind Sie sauer und es gibt auch eine Ehekrise. Wollen Sie das?" Herbert Luchs versuchte ihn von seinem Vorhaben abzubringen.

Walter Geiger dachte kurz nach und entschied dann: „Egal, ich will Klarheit. Die Ungewissheit kann ich nicht ertragen."

„Na gut, dann brauche ich noch ein paar Daten. Haben Sie ein Foto von Ihrer Frau? Den Verkaufsfahrer werden Sie ja wohl nicht fotografiert haben. Kennen Sie seinen Namen?"

Luchs war sehr geschäftlich geworden und legte Geiger einen vorgedruckten Vertrag vor, den sie gemeinsam ausfüllten. Als Luchs das Foto von Sabine Geiger betrachtete, dachte er völlig unprofessionell 'bei der könnte ich auch schwach werden'. Dann sah er sich seinen neuen Kunden an und kam zu dem Schluss, dass er - falls sich der Verdacht seines neuen Klienten bestätigen würde - sehr wohl Verständnis für die Freizeitgestaltung dieser attraktiven Frau aufbringen könnte.

„Vielen Dank für den Auftrag. Ich melde mich bei Ihnen, sobald Ergebnisse vorliegen." Luchs betonte, er werde schon morgen mit den Recherchen beginnen.

***

12

Für Herbert Luchs waren derartige Aufträge nicht besonders lukrativ. Viel lieber arbeitete er für Firmen, die versuchten, Licht in irgendwelche undurchsichtigen Geschäfte zu bringen, was im Normalfall deutlich mehr einbrachte. Betrogenen Ehemännern dabei zu helfen, ihre untreuen Frauen zu überführen, wie in diesem Fall, gehörte nicht zu seinen bevorzugten Beschäftigungen, weil die Erledigung meistens mit einer Menge Ärger verbunden war, und das bei überschaubaren Honoraren. Bei derlei Aufträgen war nun einmal nur ein Stundensatz von max. 90 Euro zu erzielen. Da arbeitete er schon lieber auf Erfolgsbasis, was z.B. bei Versicherungsbetrug oder Unterschlagung sehr wohl einträglich sein konnte. Hier musste er aber eine Ausnahme machen, weil der Auftraggeber schließlich ein Vertreter eines seiner wichtigsten Kunden war. Der Sparkasse und deren leitendem Angestellten Geiger fühlte er sich in gewisser Weise verpflichtet.

Eine wichtige Voraussetzung für die anstehende Recherche waren Informationen über den Tourenplan des Verkäufers, der Frau Geiger im Normalfall belieferte. Was würde es schon bringen, wenn man Sabine Geiger observieren ließe? Eine zeitaufwendige Aufgabe, wobei nicht anzunehmen war, dass man diese Dame - in Fachkreisen auch ‚Zielobjekt' genannt - ausgerechnet beim Fremdgehen erwischen würde. Als Privatdetektiv musste man schließlich auch wirtschaftlich denken und mit geringem Aufwand den größtmöglichen Erfolg erzielen.

Um zu erfahren, wann Frau Geiger diesen Verkaufsfahrer wohl wieder empfangen würde, rief Luchs unter dem Namen eines Nachbarn, den er im Telefonbuch leicht gefunden hatte, bei 'frost & lecker' an.

„Grüß Gott, hier ist die Firma ‚frost & lecker', mein Name ist Bärbel Winter, was kann ich für Sie tun?" Diese Begrüßungsformel hatte Bärbel zigmal am Tag aufzusagen.

„Grüß Gott, ich wohne in Waldskofen in der Ayinger Straße und würde gerne wissen, wann Sie hier wieder liefern." Herbert Luchs gab sich zunächst nicht zu erkennen.

„Wie ist denn Ihr Name? Liegt uns von Ihnen eine Bestellung vor?" Natürlich versuchte Bärbel zu erfahren, mit wem sie es zu tun hatte.

„Mein Name ist Moser. Wann würden die Sie denn das nächste Mal in unserer Straße liefern?" Herbert Luchs hatte den Namen einer Familie gewählt, die lt. Telefonbuch ganz in der Nähe von Geigers wohnte.

„Moment, ich schaue nach." Pause. „Herr Moser ich sehe gerade, dass unser Verkaufsfahrer, Herr Seidl, am kommenden Donnerstag wieder in Waldskofen ausliefern wird. Er könnte bei Ihnen um die Mittagszeit sein. Was wollen Sie denn bestellen?" Bärbel war natürlich darauf erpicht, gleich einen Auftrag zu schreiben.

„Oh, ich weiß noch nicht genau. Das muss ich noch mit meiner Frau klären. Ich melde mich wieder."

Luchs war selbstverständlich weit entfernt davon, eine Bestellung im Namen der Familie Moser zu erteilen. Aber er wusste jetzt, wann er sich auf die Lauer legen musste, um einen gewissen Herrn Seidl und Frau Geiger beobachten zu können. Wenn denn die Vermutung seines Auftraggebers überhaupt zutraf. Männer waren ja manchmal überempfindlich und sahen in ihrer Fantasie Dinge, die keineswegs der Realität entsprachen. Außerdem hatte er die Erfahrung gemacht, dass Frauen beim Fremdgehen sehr viel geschickter waren als Männer und deshalb auch nicht so leicht zu überführen waren. Umgekehrt war es relativ einfach, im Auftrag von Frauen fremdgehenden Männern auf die Schliche zu kommen. Bei Männern versagte allzu oft der Verstand, wenn sie eine Frau ins Bett bekommen wollten.

Mit den jetzt erlangten Informationen konnte Herbert Luchs planen. Er wusste nun, wann Sabine Geiger den vermeintlichen Liebhaber wahrscheinlich empfangen würde.

Der nächste Schritt war, die Örtlichkeiten bei den Geigers zu erkunden, um einen optimalen Beachtungsposten beziehen zu können. Dies musste natürlich rechtzeitig vor dem erwarteten Zusammentreffen passieren. Luchs parkte zu diesem Zweck in einiger Entfernung, ohne das Haus der Geigers allerdings aus den Augen zu lassen. Da kam ihm ein Zufall zu Hilfe. Sabine Geiger verließ das Haus, verschwand in der Garage und fuhr davon. Das, so glaubte Luchs, war die ideale Gelegenheit, das Grundstück der Geigers genauer unter die Lupe zu nehmen. Er fand einen Platz im Garten, der ihm perfekte Deckung bot. Hinter einem dichten Fliederbusch, die Hecke zum Nachbargrundstück im Rücken, hatte er einen guten Blick in die Küche, das Wohnzimmer und auf die Terrasse. Falls die ‚Zielpersonen' nicht auf dem schnellsten Weg ins Schlafzimmer strebten, das Luchs in der ersten Etage vermutete, sollten Beobachtungen von diesem Standort aus sehr gut möglich sein. Er war mit dem Ergebnis seiner ersten Ortsbesichtigung sehr zufrieden und konnte nun

optimistisch dem nächsten Donnerstag entgegen-
sehen.

***

13

Der Verkaufsfahrer der Firma 'frost &
lecker' war an besagtem Donnerstag tatsächlich in
Waldskofen unterwegs. Die Sekretärin hatte für die
Familie Moser eine Lieferung um die Mittagszeit in
Aussicht gestellt, also war davon auszugehen, dass
der vermutete Besuch bei Geigers entweder vorher
oder am frühen Nachmittag erfolgen würde. Der
Nachmittag kam deshalb in Betracht, weil Florian
donnerstags direkt nach der Schule zum Tennis in
Bruckmühl ging und demzufolge mittags nicht nach
Hause kam. Das hatte Luchs, für den gewissenhafte
Vorbereitung auf seine Ermittlungsaufträge eine
Selbstverständlichkeit und ein Erfolgsgarant war,
nach intensiver Befragung von Walter Geiger
erfahren.

Um auf alle Eventualitäten vorbereitet zu
sein, bezog Herbert Luchs bereits gegen 9:00 Uhr in
der Ayinger Straße Posten. Er parkte seinen Wagen
ca. achtzig Meter von dem Haus der Geigers
entfernt und stellte sich auf eine längere
Beobachtungszeit ein.

Dieses Warten war der unangenehme Teil
seines Jobs. Die Zeit verging nur langsam. Dennoch

war Aufmerksamkeit geboten. Luchs konnte ja nicht unbedingt davon ausgehen, dass der 'frost & lecker' Wagen tatsächlich direkt vor der Tür der Geigers geparkt wurde. Es war ja auch denkbar, dass das Auto in einer Nebenstraße abgestellt wurde und der von Frau Geiger erwartete Liebhaber seine Aufwartung zu Fuß erledigte. Für Luchs hieß es also, wachsam zu bleiben.

Gegen 10:30 Uhr wurde Luchs erlöst. Der 'frost & lecker'-Kühlwagen hielt direkt vor Geigers Haus. Jetzt ging es für Herbert Luchs los, es wurde spannend. Dem 'frost & lecker'-Wagen entstieg ein junger Mann, den Luchs auf Anfang dreißig schätzte. Luchs musste sich eingestehen, dass der Kerl verdammt gut aussah, selbst in diesem wenig kleidsamen Firmen-Outfit. Was ihm auffiel war, dass der junge Mann ohne Ware im Haus verschwand. Hatte er nichts zu liefern?

Schnell ergriff Luchs seine Kamera und eilte zum Grundstück der Geigers. Gerade als er über den Zaun steigen und seinen Beobachtungsposten einnehmen wollte, ertönte hinter ihm eine schneidende Frauenstimme: "Was soll das? Was tun Sie hier? Ich rufe die Polizei!"

Auf dem Nachbargrundstück, wenige Meter von ihm entfernt, stand Eva Dreist, die Luchs bei dem Versuch beobachtet hatte, auf das Grundstück der Geigers zu kommen. Sollte sein Vorhaben, Sabine Geiger und ihren Besuch zu beobachten, bereits jetzt scheitern?

„Ich bin Landschaftsgärtner und soll das Grundstück fotografieren. Herr Geiger möchte seinen Garten umgestalten", log er die Alte an.

„Und warum steigen Sie dann über den Zaun?" Sie schaute ihn misstrauisch an.

„Sie müssen wissen, dass Herr Geiger mich gebeten hat, diskret vorzugehen. Frau Geiger soll von der Neugestaltung nichts wissen. Es soll ein Geburtstagsgeschenk werden." Er war sich nicht sicher, ob sie dieses Märchen glauben würde.

„Das ist aber großzügig von Herrn Geiger. Ein so netter Mann. Aber ob seine Frau das zu würdigen weiß? Ich habe da meine Zweifel."

Das hörte sich nicht so an, als hätte sie von Sabine Geiger eine gute Meinung.

„Na, dann passen Sie mal auf, dass Frau Geiger Sie nicht erwischt. Aber im Moment ist sie ja sicher abgelenkt."

Dabei schaute sie mit einem verächtlichen Blick auf das 'frost & lecker'-Auto. Dann zog sie sich zurück, nicht ohne in ihrem Wohnzimmer hinter der Gardine Stellung zu beziehen, von wo sie das Geschehen in der Nachbarschaft gut beobachten konnte.

Jetzt, nach dieser kleinen Verzögerung, konnte Luchs sich hinter dem Fliederbusch einrichten. Wie immer bei derartigen Einsätzen hatte er ein leichtes, flexibles Stativ dabei, mit dem ihm auch aus größerer Entfernung scharfe Fotos gelangen. Wie ‚scharf' die Fotos heute werden sollten, ahnte er natürlich noch nicht.

Das Küchenfenster stand weit offen, was wohl den sommerlichen Temperaturen geschuldet war. Luchs konnte gut erkennen, dass die Geigers ziemlich aufwändig eingerichtet waren, wenigstens was die Küche betraf. Martin Seidl und Sabine Geiger standen neben der großzügigen Kochinsel, die die Mitte des Raums beherrschte, und unterhielten sich angeregt. Plötzlich verließ er das Haus, ging zum Auto und kam dann mit einem Warenkorb zurück, den er auf einem Beistelltisch abstellte. Offensichtlich hatte sich Sabine doch noch zu einem Einkauf entschlossen.

‚Na, das sieht doch alles ganz normal aus‘, dachte sich Luchs und vermutete schon, er hätte es wieder einmal mit einem Auftrag zu tun, der nur auf übertriebene, aber unbegründete Eifersucht eines der Ehepartner zurückzuführen war. Doch plötzlich umarmten sich die beiden und küssten sich lange und leidenschaftlich. Martin zog sie dicht an sich heran, eine Hand auf ihrem Busen, die andere auf ihrem knackigen Po. Ungeduldig knöpfte er ihre Bluse auf und Luchs konnte durch seinen Sucher erkennen, dass sie auf einen BH verzichtet hatte. Die Bluse landete auf dem Fußboden, was den Blick auf ihre gut gewachsenen Brüste vollends freigab. Luchs war sehr beeindruckt und drückte unablässig auf den Auslöser seiner Kamera, um ja keine Phase dieser Szene zu verpassen. Er fand, dass dieser Kerl zu beneiden war. Sabine ließ Martin gewähren und machte sich ihrerseits an seinem Gürtel zu schaffen, der von ihr geschickt und schnell geöffnet war, was seiner Hose jeglichen Halt nahm. Sabines Hand verschwand in seinem Slip, wo sie sich von seiner Erregung überzeugen konnte. Luchs vernahm ein lustvolles Stöhnen von ihr.

Jetzt gab es für Martin kein Halten mehr. Er schob ihren ohnehin sehr kurzen Rock nach oben, befreite sie von ihrem Slip und setzte sie auf die Herdplatte. Ohne weiteres Vorspiel kam es zur Vereinigung, was Luchs auftragsgemäß detailgenau festhielt. Plötzlich schrie Sabine auf, was wegen des offenen Fensters sicher auch in den Nachbarhäusern zu hören war. Dieser Martin musste wirklich ein phantastischer Liebhaber sein, wenn es ihm gelang, Sabine so schnell in eine derartige Ekstase zu versetzen. Es ertönten weitere Schreie, erst ängstlich, dann lauter, so als ob sie vor Schmerzen schrie, was Martin offensichtlich noch mehr in Erregung versetzte und ihn kurzzeitig um den Verstand brachte.

Was Luchs, der sich nicht erinnern konnte, jemals einen so heißen Akt beobachtet zu haben, nicht wissen konnte: In der Hitze des Vorspiels hatte Martin versehentlich die Tastatur des Ceranfeldes berührt und die Schnellkochplatte eingeschaltet, auf der Sabine saß. Während des Liebesakts wurde ihr gewissermaßen von vorne und hinten ‚eingeheizt'.

Leider dauerte es eine ganze Weile, bis Martin den ‚Unfall' und die erhöhte Temperatur, unter der Sabine litt, bemerkt hatte. Zu den eindrucksvollen Fotos, die der Privatdetektiv Luchs geschossen hatte, gehörte deshalb auch die Dokumentation der anschließenden liebevollen Behandlung von Sabines Hinterteil mit Brandsalbe.

***

14

Die Situation war eindeutig genug, um Walter Geiger einen sehr umfassenden Bericht vorzulegen. Herbert Luchs hatte jedoch das Gefühl, dass aus der beobachteten Szene und der nun beweisbaren Liaison zwischen Sabine und Martin noch mehr herauszuholen war als das bescheidene Honorar, das er ausgehandelt hatte. Seine Nachforschungen in der Firma 'frost & lecker' hatten nämlich offenbart, dass Martin einen fundierten Ruf als ‚Schürzenjäger' hatte. Also nahm er sich vor, weitere Erkundigungen einzuholen und – sofern sich die Gelegenheit ergeben würde - Martin bei einem seiner weiteren außerehelichen ‚Einsätze' zu beobachten.

Letzteres gelang ihm zwar nicht, aber anders als Bärbel Winter und Martin glaubten, hatte sich deren Affäre in der Firma längst herumgesprochen. Es war für Luchs also ein Leichtes, in wenigen Gesprächen, die er mit einigen Firmenangehörigen geführt hatte, mehr darüber zu erfahren. Erfreulicherweise war eine junge Dame am Empfang namens Luise Brandner besonders auskunftsfreudig. Nun kam Luchs die Idee, dass die gute Frau Winter wohl sehr enttäuscht wäre, wenn sie erfahren würde, dass ihr Lover Martin auch andere Damen mit seiner Potenz beglückte. Vielleicht war sie ja bereit, ihm für die Beweisfotos eine gewisse Summe zu zahlen, was seine Aufwendungen in einem etwas positiveren Licht erscheinen ließe. So dachte Herbert Luchs, wohl wissend, dass dieses Vorgehen jenseits jeglicher Seriosität anzusiedeln war, auf die er als aktiver Polizeibeamter immer so sehr geachtet hatte. Aber egal – ein Versuch war es wert. Und man musste ja schließlich sehen, wo man blieb.

Da er berufsbedingt immer auf äußerste Diskretion bedacht war, vermied er, den Kontakt zu Bärbel Winter in ihrer Firma herzustellen. Er entschloss sich vielmehr, sie an einem der nächsten Abende privat aufzusuchen. Kenntnis von ihrer Adresse zu erlangen, war für ihn als Detektiv eine der leichteren Aufgaben.

Bärbel Winter öffnete die Tür. Vor ihr stand ein älterer Herr, der auf sie einen sympathischen Eindruck machte.

„Guten Abend, ich bin Herbert Luchs und arbeite als Privatdetektiv. Frau Bärbel Winter?""

„Ja, das bin ich. Guten Abend. Was kann ich für Sie tun?"

Er habe delikate Informationen für sie und ob sie denn daran interessiert sei. Luchs tat geheimnisvoll.

„Was sind das für Informationen, um was geht es?" Sie hatte eigentlich keine Lust auf ein langes Gespräch. In wenigen Minuten würde der Krimi ‚Rosenheim-Cops' beginnen, den sie nicht gerne verpasste.

„Es geht um Ihre Beziehung zu Herrn Martin Seidl. Aber hier vor der Tür ist es wohl etwas unangemessen, kann ich hereinkommen?"

Was wusste der Kerl von ihr und Martin? Dass sie beide ein Verhältnis hatten, konnte er nicht wissen. Zu sehr hatten sie darauf geachtet, dass niemand davon erfahren konnte.

„Ja bitte kommen Sie herein." Jetzt war sie neugierig geworden. Sie nahmen im Wohnzimmer Platz und Bärbel schaltete den bereits laufenden Fernseher aus.

„Also was ist mit Martin Seidl? Ich bin gespannt, was sie über einen unserer Mitarbeiter zu berichten haben."

„Naja, er ist ja wohl nicht nur Mitarbeiter. Über Ihre Affäre wird in der Firma offen gesprochen."

„Das kann nicht sein." Ihr gekonntes Make-Up konnte nicht verbergen, dass sie blass geworden war. „Was wollen Sie? Was geht Sie mein Privatleben an? Wer hat Sie überhaupt beauftragt?"

„Das will ich Ihnen gerne sagen. Ich bin von einem Kunden beauftragt worden, dessen Frau mit Herrn Martin Seidl ein Verhältnis hat." Luchs beobachtete sie aus den Augenwinkeln und stellte fest, dass noch mehr Farbe aus ihrem Gesicht entwich.

„Um es kurz zu machen, Herr Seidl wurde von mir in eindeutiger Situation fotografiert und ich biete Ihnen die äußerst intimen Bilder zum Kauf an."

Bärbel war geschockt und wollte den Kerl entrüstet zur Tür weisen. Andererseits war sie auch an den Fotos interessiert, wenn sie denn überhaupt echt waren. Noch hatte sie erhebliche Zweifel an der Behauptung, die dieser Herr Luchs auszusprechen gewagt hatte. Nachdem sie sich einigermaßen gefangen hatte und wieder Herr ihrer Sinne war, wollte sie der Sache auf den Grund gehen.

„Zeigen Sie mir mal die Fotos", versuchte sie Luchs aus der Reserve zu locken, was jedoch nicht gelang.

„Also, so einfach geht das nicht, erst das Geschäft." Er war erfahren genug, um zu wissen, dass ein Blick von ihr auf die Bilder deren Wert augenblicklich erheblich reduzieren würde. „Was würden Sie denn für die Kopien bezahlen?"

Sie schaute ihn lange an. Das war ja wohl ein ganz raffinierter Vertreter seiner Zunft. Andererseits verstand sie gut, dass er für seinen Aufwand angemessen bezahlt werden wollte.

Sicherlich hatte er stundenlang auf der Lauer gelegen, um die Fotos zu schießen.

„Ich habe keine Ahnung, was man dafür so zahlt. Sagen Sie mir, was Sie haben wollen."

Luchs hatte natürlich schon darüber nachgedacht, was er hier wohl verlangen könnte. Natürlich konnte er nicht von dem gesamten Aufwand ausgehen, schließlich würde Walter Geiger ja auch noch zur Kasse gebeten.

„Also, ich denke achthundert Euro wären angemessen, auch wenn damit nur ein Bruchteil meiner Kosten gedeckt wäre. Sind Sie damit einverstanden?"

Luchs schaute sie genau an, er war sich nicht sicher, ob er nicht hätte noch mehr verlangen sollen. Die Reaktion von Bärbel Winter überraschte ihn jedoch sehr.

„Achthundert Euro für ein paar Fotos? Ich glaube, Sie sind nicht ganz bei Trost! Sie glauben doch nicht ernsthaft, dass ich auf dieses schmutzige Geschäft eingehe? Eher gehe ich zur Polizei!"

Damit hatte Luchs nicht gerechnet, er versuchte deshalb einzulenken: „Sie sollten wissen, dass derlei Beweisfotos, die durch Privatdetektive mit hohem Zeitaufwand und nicht ohne Risiko geschossen werden, normalerweise wesentlich teurer sind. Mein Angebot ist absolut fair. Aber ich will Ihnen entgegenkommen und biete Ihnen die Bilder für fünfhundert Euro an."

Bärbel überlegte. Dieses Geschäft gefiel ihr überhaupt nicht. Andererseits war sie brennend interessiert, zu erfahren, ob Martin Seidl sie tatsächlich auf so schnöde Weise hinterging.

„Tut mir leid, ich habe nur ca. 150 Euro Bargeld im Haus, die ich Ihnen sofort geben kann. Überlassen Sie mir die Bilder und ich überweise Ihnen den Rest".

Das erschien dem gewieften Luchs zu unsicher. Deshalb gab er ihr seine Visitenkarte und bedeutete ihr, sie könne die Bilder jederzeit gegen Barzahlung bei ihm abholen. Zähneknirschend stimmte sie zu und kündigte ihren Besuch für den nächsten Abend an.

Pünktlich zum vereinbarten Zeitpunkt stand sie bei Luchs vor der Tür, händigte ihm die 500 Euro aus und griff hastig zu den Bildern, die den Beweis für die Untreue ihres Geliebten bringen sollten.

Luchs beobachtete sie genau. Erst wurde sie blass, dann breitete sich eine unübersehbare Zornesröte auf ihrem Gesicht aus. Sie suchte offensichtlich nach Worten. Dann, mit deutlich übertriebener Lautstärke:

„So ein Schuft, das wird er mir büßen. Ich bring ihn um."

Sie konnte ihre Wut kaum unter Kontrolle bringen. Und nach kurzer Pause, in der sie nach Luft rang: „Wer ist dieses Weib?"

Luchs stand wortlos daneben und wartete einfach ab, denn Wutausbrüche in der hier gezeigten Form waren ihm geläufig. Wer als Detektiv in Sachen Ehebruch unterwegs war, erlebte öfter emotionale Gewitter. Allerdings gab es signifikante Unterschiede zwischen den Geschlechtern. Während Männer eher ungestüm reagierten, oft mit der ausgeprägten Neigung, dem Widersacher körperliche Schmerzen zuzufügen, neigten Frauen mehr zu filigranen Racheakten, die häufig für den Übeltäter deutlich schmerzhafter waren. Vielleicht liegt es daran, dass Frauen einfallsreicher sind, wenn es darum geht, den soeben Verflossenen leiden zu lassen.

Insofern sah sich Herbert Luchs hier mit einer eher ungewöhnlichen Situation konfrontiert. Eine Frau, die auf diese Weise auf die Nachricht von der Untreue ihres Geliebten reagiert, kam nun doch nicht so häufig vor. Schon gar nicht mit der ungehemmten Androhung von Gewalt.

Es dauerte nur wenige Minuten, bis Bärbel sich halbwegs wieder gefasst hatte. Sie ließ die Bilder in ihrer Handtasche verschwinden, machte auf dem Absatz kehrt, bedachte Herbert Luchs noch mit einem zornigen Blick und verließ das Haus.

***

15

Herbert Luchs war hocherfreut über das leicht verdiente Zusatzhonorar. Allerdings hatte ihn überrascht, wie überaus heftig Bärbel Winter reagiert hatte. Betrogene Frauen konnten nach seinen Erfahrungen zwar unberechenbar sein, aber hier hatte er es offenbar mit einem besonders eklatanten Fall zu tun. Die Frau hatte ja völlig ihre Beherrschung verloren. Wirklich ernst war ihre Drohung allerdings wohl nicht zu nehmen. Aber man konnte ja nicht wissen …

Da der Versuch, mit den im Auftrag von Walter Geiger geschossenen Fotos einige Euros zusätzlich einzunehmen, so reibungslos gelungen war, dachte Luchs kurz darüber nach, auch bei Katharina, der Frau von Martin Seidl, einen derartigen Vorstoß zu unternehmen. Nach kurzer Überlegung verwarf er aber diesen Gedanken. Hier handelte es sich um ein sehr viel problematischeres Unterfangen. Schließlich waren die beiden verheiratet, und er wollte nicht durch seinen Vorstoß eine Ehe gefährden. Bei Bärbel Winter war das etwas anderes. Sie war sich ja wohl bewusst, dass sie es mit einem verheirateten Mann trieb. Da musste sie auch mit Unannehmlichkeiten rechnen, falls diese Affäre ans Licht kommen würde. Vielleicht hätte Luchs anders entschieden, wenn er von den intimen Kontakten zwischen Katharina und Andreas Klausner, dem Kollegen von Martin, gewusst hätte.

Um den Auftrag erfolgreich zum Abschluss zu bringen, musste nun ja noch der Auftraggeber informiert werden. Gleich am nächsten Morgen nahm Luchs mit Walter Geiger Kontakt auf und kündigte an, er habe die Recherche erfolgreich abgeschlossen und könne nun aussagefähige Dokumente vorlegen. Geiger, der angesichts eines gut gefüllten Terminkalenders für private Angelegenheiten eigentlich überhaupt keine Zeit hatte, war natürlich auf das Äußerste gespannt und machte das Unmögliche möglich.

„Wann können Sie kommen? Sofort? Einverstanden, ich erwarte Sie."

Seine Sekretärin bekam den Auftrag, die nächsten beiden Termine zu verschieben. Warum? Das ginge sie nichts an, sie solle es einfach tun, und zwar sofort.

Für lange Erklärungen war hier kein Raum. Sie musste ja schließlich auch nicht alles wissen. Wäre ja noch schöner, wenn in der Bank bekannt würde, dass er seine Frau überwachen ließ.

Eine halbe Stunde später stand Herbert Luchs in der Tür und sah sich einem überaus nervösen Walter Geiger gegenüber.

„Na, was haben Sie herausgefunden?" Auf eine Begrüßung verzichtete Geiger, der dazu neigte in Stresssituationen die Contenance zu verlieren. Das war übrigens eine Eigenschaft, die seinen

Vorgesetzten schon häufiger aufgefallen war und die sich nachhaltig auf seine Karrierechancen bei der Bank ausgewirkt hatte.

Herbert Luchs ließ sich auf einem der Besuchersessel gegenüber dem Schreibtisch von Geiger nieder - Geiger hatte in der Aufregung versäumt, ihm einen Platz anzubieten - und legte wortlos die Kopien der Bilder auf den Schreibtisch, die so eindrucksvoll das von Luchs beobachtete Liebesspiel zwischen Sabine Geiger und Martin Seidl belegten.

Schon auf dem ersten Foto sah Geiger seine Frau in eindeutiger Position. Er atmete tief durch und versuchte sich zu beherrschen, was ihm nur bedingt gelang.

„Wann haben Sie die Bilder geschossen und wer ist der Kerl?" schnauzte er.

Die Sekretärin, die durch die offene Tür zum Vorzimmer mitgehört hatte, sprang auf und schloss die Tür. Eine überflüssige Maßnahme, denn Geiger war so laut geworden, dass man sogar im Kundenraum der Sparkassenfiliale aufmerksam geworden war. Was da nur wieder los war? Was konnte denn den Chef so aus der Reserve locken? Sicher wieder ein geplatzter Kredit, für den Geiger verantwortlich war. So etwas kam ja mal vor.

Der heutige Wutanfall hatte allerdings eine andere Dimension, es ging schließlich um seine Frau, die ihn auf schändliche Art und Weise betrog. Jedenfalls war das den auf seinem Schreibtisch liegenden Bildern zweifelsfrei zu entnehmen.

Herbert Luchs zog es angesichts der aufgeladenen Stimmung vor, auf jegliche Diskussion mit seinem Auftraggeber zu verzichten und legte wortlos den Umschlag mit seiner Rechnung auf den Schreibtisch. Mit den Worten „Rufen Sie mich bitte an, wenn Sie noch Fragen haben", verabschiedete er sich und verließ das Bankgebäude.

Geiger ließ sich in seinen Schreibtischsessel fallen und dachte nach. Seine Sekretärin, die nach dem Zwischenfall nach ihm sehen wollte, bekam ein kurzes „Jetzt nicht!" zu hören und verschwand wieder im Sekretariat.

Natürlich hätte Geiger noch Fragen gehabt. So hatte er in seiner Wut und Enttäuschung Herbert Luchs gehen lassen, ohne erfahren zu haben, um wen es sich bei dem Lover seiner Frau eigentlich handelte. Er hatte diesen Typen jedenfalls noch nie gesehen und auch keine Vorstellung, wer das sein könnte. Na gut, dann werde er das eben von Sabine erfahren, die sich auf etwas gefasst machen konnte. Er war geladen, hatte bereits eine klare Vorstellung von der Auseinandersetzung, die es am Abend geben würde.

„Hast Du mir nicht etwas zu sagen?" begann er in einem Tonfall, den sie von ihm noch nicht gehört hatte.

„Nein, was meinst Du? Was ist denn los mit Dir?" Sie hatte wirklich keine Ahnung und konnte ja nicht wissen, dass er über ihre außerehelichen Vergnügungen Bescheid wusste.

„Tu nicht so unschuldig, oder denkst Du, ich weiß nicht, dass Du mich betrügst? Wer ist der Kerl? Ich will alles wissen - und lüg mich ja nicht an."

Sabine fühlte sich wie vom Blitz getroffen. Was wusste er? Und woher? Sie war doch immer vorsichtig gewesen und hatte sich mit Martin nur getroffen, wenn ihr Mann in der Bank war. Wie sollte sie auf seinen Vorwurf nur reagieren?

„Ich weiß wirklich nicht, was Du meinst", stammelte sie, bemerkte aber sofort, dass jegliches Leugnen vergeblich sein würde. So bestimmt, wie er auftrat, hatte er sicher genaue Informationen. Deshalb zog sie es vor, in die Defensive zu gehen.

„Ich habe keine Ahnung, wie Du zu der Behauptung kommst, aber wenn Du die Besuche des Verkaufsfahrers von 'frost & lecker' meinst, das ist ganz anders als es vielleicht aussieht."

Er konnte doch nur die in letzter Zeit häufigen Schäferstündchen mit Martin meinen, mit anderen Männern hatte sie sich ja nicht getroffen.

„Ach, mit einem Verkaufsfahrer einer Tiefkühlfirma treibst Du es? Es wird ja immer schöner. Etwas mehr Niveau hatte ich Dir zugetraut. Aber beim Sex bleibt der Verstand wohl auf der Stecke." Er redete sich in Rage.

Das war ihr dann doch zu viel. Das wollte sie sich nicht sagen lassen und beschloss spontan, in den Angriff überzugehen und ihm Paroli zu bieten.

„Ja, es stimmt ich habe mit Martin Seidl von der Firma 'frost & lecker' eine Affäre, für die Du eigentlich verantwortlich bist."

„Wie bitte?" Sollte er sich verhört haben? „Ich soll für Deine außerehelichen Sexabenteuer verantwortlich sein? Bist Du noch ganz richtig im Kopf? Ich rackere mich ab, arbeite von morgens bis abends um Euch ein schönes, luxuriöses Leben zu ermöglichen und jetzt soll ich für Deine Hurerei verantwortlich sein?"

Die Diskussion eskalierte. Aber Sabine ließ nicht locker.

„Natürlich gebe ich Dir die Schuld. Du bist nie da, kümmerst Dich so gut wie nie um Deine Familie. Immer nur die Bank und Deine beschissene Karriere. Ich habe es satt, so zu leben. Bei Dir verliere ich so langsam das Gefühl, eine Frau zu sein."

Das saß, er wurde nachdenklich. Stand hier seine Ehe auf dem Spiel? Soweit durfte es nicht kommen. Jetzt brauchte er erst einmal Zeit, nachzudenken. Wie sollte er mit ihrer Untreue umgehen?

„Hat er Dich verführt?" Er klang jetzt deutlich moderater, weniger aggressiv.

„Was soll der Quatsch? Dazu gehören ja wohl immer Zwei. Außerdem, was würde das ändern? Es ist eben passiert." Sie war mit sich sehr zufrieden, endlich hatte sie ihm einmal die Meinung gesagt.

„Und wie soll es jetzt weitergehen?" Er war inzwischen ziemlich kleinlaut geworden.

Mit einem entschlossenen Blick, den er so bei ihr noch nie gesehen hatte, erklärte sie ihm: „Du schläfst heute im Gästezimmer und morgen reden wir in Ruhe darüber."

Dieser deutlichen Ansage traute er sich nichts entgegenzusetzen. Dass er im Gästezimmer ,schlafen' würde, erschien ihm angesichts der Situation allerdings ziemlich unwahrscheinlich.

In der folgenden Nacht fand Walter Geiger tatsächlich nicht in den Schlaf. Zu sehr beschäftigte ihn die Frage, ob er wirklich dazu beigetragen hatte, dass seine Frau Sabine so unzufrieden mit ihm und ihrem Leben war. Wie war es nur dazu gekommen? Schließlich musste er sich tatsächlich eingestehen, sie in der Vergangenheit zugunsten seines Jobs etwas vernachlässigt zu haben.

Endlich kam er zu dem Schluss, dass dies nicht das Ende seiner Ehe sein durfte. Dafür liebte er Sabine immer noch zu sehr. Er würde seine Fehler eingestehen - auch wenn ihm das sehr schwer fallen würde - und um sie kämpfen. Was aber würde passieren, wenn sie sich in diesen Kerl von 'frost & lecker' verliebt hatte und sich für ihn entscheiden würde? Das musste um jeden Preis verhindert werden.

Endlich, es wurde schon langsam wieder hell in Waldskofen, kam ihm der rettende Gedanke. Er erinnerte sich an eine Tagung des Sparkassen- und Giroverbands, die vor einiger Zeit in München stattgefunden hatte. Am Abend war er mit einigen Kollegen im Bahnhofsviertel unterwegs gewesen und zu vorgerückter Stunde in einem zwielichtigen Etablissement gelandet. Dort hatte er zufällig eine Unterhaltung mitbekommen, die zwischen dem Barkeeper und einem Gast stattfand. Der Gast war Italiener, was unschwer an seiner Ausdrucksweise und dem Einsatz seiner Hände, mit denen er seine Argumente heftig unterstützte, zu erkennen war. Im Gespräch ging es offensichtlich um Kontakte zur Mafia. Geiger wunderte sich über die Offenheit, mit der über verschiedene Aktivitäten gesprochen wurde, die am Rande der Legalität anzusiedeln waren. Besonderes Interesse an Diskretion war jedenfalls nicht zu bemerken. Unter anderem wurde auch ein ‚Auftragskiller' erwähnt, der bei Bedarf aus der Frankfurter Szene jederzeit zu vernünftigen Konditionen anzufordern sei. Leider konnte Geiger das Gespräch nicht weiter verfolgen, weil er von seinen Kollegen abgelenkt wurde und er sich genötigt sah, den Auftritt einer leicht bekleideten ‚Dame' zu beobachten, die sich unter dem Beifall des überwiegend männlichen Publikums auch dem Rest ihrer Garderobe entledigte. Dem mitgehörten Gespräch an der Bar ordnete Geiger damals keine Bedeutung zu. Es ging ihn ja auch nichts an. Und ihm war bewusst, dass in der Halb- und Unterwelt nicht alles für die Öffentlichkeit bestimmt war.

Jetzt in dieser schlaflosen Nacht war ihm das an der Bar Gehörte wieder sehr präsent. Je länger er über die Affäre seiner Frau nachdachte, umso mehr wurde ihm klar, dass er alles tun würde, um die Beziehung zur ihr wiederherzustellen und seine Ehe zu retten. Er fragte sich selbst, wie weit er wohl gehen würde, um dieses Ziel zu erreichen? Schließlich fasste er den Entschluss, den Barkeeper in München aufzusuchen, um mehr über diesen Auftragskiller in Frankfurt zu erfahren. Denn eines stand für ihn fest, der Lover seiner Frau musste irgendwie aus dem Verkehr gezogen werden. Und das musste so geschehen, dass auf ihn, den Ehemann, niemals ein Verdacht fallen könnte. Vielleicht konnte man einen Unfall arrangieren?

***

16

Am Morgen, nachdem Bärbel Winter die Kopien von Herbert Fuchs erhalten hatte, war sie bereits sehr früh im Büro, um Martin zur Rede stellen zu können, bevor er mit dem 'frost & lecker'-Wagen zu seinen Kunden aufbrach. Ob er vor dem Start noch kurz in ihr Büro kommen könne, fragte sie ihn am Telefon. Ja gerne, sofort. Etwas eigenartig war ihr Tonfall schon, dachte er sich.

Wahrscheinlich eine Laune, von der Bärbel nach seinen Erfahrungen ja reichlich zu bieten hatte. Andererseits konnte sie auch so liebenswürdig sein, so dass er die Beziehung zu ihr sehr genoss. Und da sie bekanntermaßen ein Morgenmuffel war, musste man tolerant sein.

Er hatte sich gewaltig getäuscht. Mit schlechter Laune war das, was ihn erwartete, nicht mehr zu erklären, denn kaum hatte er ihr Büro betreten, legte sie los:

„Du Schwein, was fällt Dir ein? Säuselst mir etwas von der großen Liebe vor und steigst reihenweise mit Deinen Kundinnen in die Kiste? Du bist ein so mieser Kerl. Das werde ich Dir heimzahlen. Glaub ja nicht, dass Du hier in der Firma noch eine Chance hast. Ich mache Dich fertig."

Martin hatte mehrfach versucht, sie zu unterbrechen, doch es gelang ihm nicht. Ihr Redeschwall ließ ihm keine Chance. Als sie Luft holte, reichte es nur zu einem: „Warte doch, hör mich bitte an."

Dann war sie wieder dran: „Raus hier, ich will Dich nicht mehr sehen!" Das war deutlich.

Als er verschwunden war, dachte sie ernsthaft darüber nach, wie sie sich wohl rächen und ihm spürbaren Schaden zufügen könnte. Ihren ersten Gedanken, seine Ehefrau Katharina einzuweihen, verwarf sie schnell wieder. Die war schließlich schwanger. Eine solche Enthüllung würde ihr sehr wehtun und ob sie ihn damit richtig treffen konnte, war zweifelhaft. Aber was wäre, wenn sie Martin über die Beziehung seiner Frau zum Kollegen Andreas informieren würde? Vielleicht war ja Andreas Klausner sogar der Urheber ihrer Schwangerschaft?

Dieser Gedanke gefiel ihr sehr, sie hielt es aber für besser, diesen Trumpf nicht sofort auszuspielen. Sie nahm sich vor, erst einmal die Entwicklung der Dinge abzuwarten.

***

17

Maria Wenninger wartete auf die Lieferung von ‚frost & lecker'. Sie hatte sich darauf eingestellt, dass der nette Herr Seidl, mit dem ihre Freundin seit einiger Zeit ein Verhältnis hatte, jeweils donnerstags im Lauf des Vormittags vor der Tür stand und ihre Wünsche nach Tiefkühlkost entgegennahm. Natürlich hätte sie sich gern auch andere Wünsche von ihm erfüllen lassen, aber das wollte sie ihrer Freundin nicht antun. Schließlich hatte sie versprochen, die Finger von Martin zu lassen.

Jetzt war es schon kurz vor 12 Uhr und der 'frost & lecker'-Wagen war noch immer nicht in Sicht. Sie griff zum Telefon und rief ihre Freundin Sabine an: „Sag mal, weißt Du etwas über ‚frost & lecker'? Ich warte schon seit zwei Stunden."

Am anderen Ende der Leitung war nur ein Schluchzen zu hören, was ihre Freundin stammelte, war unverständlich.

„Jetzt beruhige Dich doch, was ist denn passiert?"

Es dauerte eine Weile, bis Sabine in der Lage war, sich verständlich zu machen: „Walter weiß alles, er hat Fotos von Martin und mir."

„Woher? Wer hat Euch fotografiert?" Maria wollte alles wissen. Aber Sabine war ja selbst ziemlich ahnungslos.

„Ich weiß es nicht. Ich habe schon nachgeschaut, aber ich habe in der Küche keine Überwachungskamera entdeckt, und da wurden die Fotos gemacht. Da bin ich sicher, denn der Küchenschrank ist auf einem Foto im Hintergrund klar zu erkennen." Sabine hatte einfach keine Erklärung, wie die Bilder entstanden sein konnten.

„In der Küche?", entfuhr es Maria, „nicht schlecht! Du machst Fortschritte, das hätte ich Dir gar nicht zugetraut!"

„Ja, und dabei habe ich mir auch noch den Hintern verbrannt." Diese Bemerkung löste bei Maria schallendes Gelächter aus. Sabine war dagegen überhaupt nicht zum Lachen zumute.

„Und was ist jetzt mit Walter?", wollte Maria wissen.

„Zurzeit ist Funkstille, er schläft im Gästezimmer. Ich weiß noch nicht, was ich tun soll. Auf Martin will ich nicht verzichten. Aber eine

Trennung von Walter geht auch nicht, wegen Sebastian. Vielleicht verzeiht mir Walter ja."

„Dass er Dir verzeiht, da wäre ich mir nicht so sicher. Und was Sebastian betrifft, solltest Du Dir keine Gedanken machen. Der ist doch fast erwachsen und würde damit sicher klarkommen. Dass Ehen auseinandergehen, ist doch heute fast an der Tagesordnung. Aber wie sieht es finanziell aus? Würdest Du allein über die Runden kommen?" Da zeigte sich wieder, dass Maria sehr praktisch veranlagt war.

„Das ist ja das Problem. Wo sollte ich denn nach einer Trennung hin? Das Geld würde hinten und vorne nicht reichen und zu Martin könnte ich auch nicht, der ist ja verheiratet."

Sabine hatte eine Zeit lang geglaubt, die Sache mit Martin könnte eine Chance haben. Sie ahnte ja nicht, dass sie für ihn nur ein amouröses Abenteuer war und er auch noch andere außerehelichen Kontakte pflegte.

„Also, meine Liebe", versuchte Maria Klarheit in die Situation zu bringen. „Du solltest Dich mit Deinem Mann arrangieren. Eine Trennung macht doch keinen Sinn. Das heißt ja noch lange nicht, dass Du Dich nicht mehr mit Martin treffen kannst. Ihr müsst nur vorsichtig sein, damit Walter nichts davon erfährt. Ich weiß, wovon ich rede. Mein Alfons hat doch auch keine Ahnung, was ich so treibe, wenn er nicht da ist."

Sabine reagierte nicht. Maria nahm an, dass sie ihre Freundin wohl nachdenklich gemacht hatte. Nach einer Weile fragte sie deshalb: „Und was ist nun? Was hast Du jetzt vor? Und was ist überhaupt mit Martin? Wo bleibt er heute?"

Jetzt meldete sich Sabine wieder: "Ich weiß es nicht. Er hat sich nicht gemeldet. Und ich habe mich nicht getraut, bei 'frost & lecker' nach ihm zu fragen."

„O.k., dann rufe ich da jetzt an. Ich will wissen, warum er nicht kommt." Maria klang sehr entschlossen. „Ich rufe Dich an, wenn ich mehr weiß."

***

18

Luise Brandner gehörte mit ihren 27 Jahren bereits zum ‚Inventar' der Firma 'frost & lecker' in Rosenheim. Sie empfand es als Glücksfall, damals diesen Job bei 'frost & lecker' übernehmen zu können. Nach der Schule und einer Lehre im Einzelhandel hatte sie in Bad Aibling in einem Feinkostladen im Verkauf gearbeitet. Der ständige Kontakt zu Kunden lag ihr jedoch überhaupt nicht. Immer stand ihr ihre Schüchternheit im Weg, sie fühlte sich einfach unsicher und es kostete sie mehr und mehr Überwindung, von sich aus einen Kunden anzusprechen. So war es auch nicht verwunderlich, dass sie mit 27 immer noch keinen Freund hatte und noch bei ihren Eltern wohnte. Sie haderte sehr mit ihrem Aussehen. Ihre Haut war blass, sie fand sich zu dünn und mit ihrer Frisur war sie gar nicht zufrieden. Was hätte sie auch mit diesen dünnen Haaren anfangen sollen? Morgens, wenn sie in den Spiegel schaute, hätte sie sich am liebsten wieder im Bett verkrochen und sich vor der Öffentlichkeit versteckt.

Inzwischen war sie seit sieben Jahren im Verkauf von 'frost & lecker' tätig und die gute Seele am Telefon. Das machte ihr Spaß, es gab ja keinen direkten Kontakt zu den Kunden. Am Telefon fiel ihr der Umgang mit Kunden deutlich leichter. Sicher, es gab Zeiten, in denen sie sich von der Flut der telefonischen Bestellungen überfordert fühlte. Aber es gab ja noch Bärbel Winter, die in derartigen Phasen helfend einsprang, so manches Telefonat entgegennahm und gegebenenfalls auch die Bestellungen bearbeitete.

Heute war Bärbel aus unerklärlichen Gründen nicht an ihrem Arbeitsplatz erschienen. Sie hatte sich telefonisch nicht gemeldet und war auch nicht zu erreichen, es meldete sich nur die Mailbox. Auch der Chef, Ludwig Lüneburg, war nicht im Haus. Und ausgerechnet jetzt ging es hoch her. Neben einer Reihe von Bestellungen, die Luise zu bearbeiten hatte, waren da auch noch ein paar Anrufe, in denen man sich nach dem Verbleib von Martin Seidl erkundigte. Unverständlich. Martin hatte doch am Morgen pünktlich die Niederlassung verlassen und hätte längst bei den reklamierenden Kundinnen sein müssen. Dann war da noch der

Anruf von einer gewissen Frau Maria Wenninger, die mächtig Druck machte. Sie müsse sofort wissen, wo denn der Herr Seidl abgeblieben sei und wann er endlich seine Termine einzuhalten gedenke. Sie könne keineswegs länger auf die versprochene Lieferung warten. Das klang ziemlich aggressiv, so, als habe sie vor, sich bei der Geschäftsleitung zu beschweren. Das jedoch galt es zu verhindern, so verstand Luise jedenfalls ihre Aufgabe.

Zunächst versuchte sie, Martin Seidl anzurufen, aber der war auf seinem Handy nicht zu erreichen. Kein Ton, nicht einmal die Mailbox war eingeschaltet. Dabei gab es doch die klare Anweisung an alle Verkaufsfahrer, dass sie während ihrer Lieferfahrten ständig erreichbar sein mussten. Luise war ratlos. Was war jetzt zu tun?

Sie kam zu dem Schluss, dass sie wohl oder übel ihren Chef, Ludwig Lüneburg, würde informieren müssen. Der hatte allerdings strikt angeordnet, dass er bei externen Terminen unter gar keinen Umständen gestört werden wollte, was bisher auch immer funktioniert hatte. Was hätte man ihn denn auch schon fragen sollen? Allen Mitarbeitern war Lüneburgs stark eingeschränkte Kompetenz, um nicht zu sagen Ahnungslosigkeit, bekannt. Außerdem hatte Bärbel Winter die Fäden in der Hand. Aber die war ja nun auch verschwunden. Also nun doch der Anruf bei Lüneburg!

Endlich wählte sie schweren Herzens die Handynummer ihres Chefs. Und dann passierte genau das, was sie befürchtet hatte.

„Sind Sie noch ganz bei Trost? Ich habe angeordnet, dass ich nicht angerufen werde, wenn ich außer Haus bin. Was gibt es denn so Weltbewegendes, dass ausgerechnet Sie mich stören müssen?" Lüneburg klang ziemlich aufgebracht.

„Tut mir leid, ich weiß ja, dass Sie nicht angerufen werden wollen, aber ich denke, besondere Situationen....."

„Was denn für besondere Situationen?", unterbrach er sie. „Sind Sie mit dem Job überfordert? Ich dachte immer, dass Sie das bisschen Telefondienst noch hinbekommen."

Diese herabwürdigende Bemerkung über Luises Aufgabe im Unternehmen war wirklich beleidigend. Lüneburg wusste genau, welchen Stellenwert Luises Arbeit für ein positives Image und damit für den Erfolg des Unternehmens hatte. Hier stellte er wieder einmal seine besondere Gabe unter Beweis, die Leistungen seiner Angestellten geringzuschätzen. Kein Wunder, dass er im Betrieb unbeliebt war und von manchen Mitarbeitern geradezu gehasst wurde.

„Martin Seidl ist verschwunden. Es rufen ständig Kunden an, die wissen wollen, wann wir liefern."

Luise ging davon aus, dass ihr Chef sehr wohl unterrichtet werden musste. Zuverlässigkeit war schließlich ein Markenzeichen von ‚frost & lecker'. Da konnte man nicht einfach eine Tour canceln, ohne die Kunden vorher zu informieren. Und schließlich war ja auch wirklich wichtig zu wissen, wo Martin Seidl abgeblieben war.

„Ich kann mich jetzt nicht darum kümmern. Wenden Sie sich an Frau Winter, die wird schon wissen, was zu tun ist."

Lüneburg machte nicht den Eindruck, als würde ihn ein derartiger Zwischenfall im Betriebsablauf in irgendeiner Weise interessieren.

„Aber die ist auch nicht im Haus. Ich kann sie auch nicht per Telefon erreichen." Jetzt war ihr Tonfall deutlich von Hilflosigkeit geprägt.

„Wo steckt sie denn? Sie hat sich bei mir nicht abgemeldet, also muss sie da sein."

Dieser Kommentar von Lüneburg kam ziemlich unwirsch, zur Klärung der Situation trug er jedoch nicht bei. „Also, erzählen Sie den Kunden irgendein Märchen. Morgen werden wir dann schon sehen…"

Damit war die Angelegenheit für Lüneburg zunächst erledigt. Er war es eben gewohnt, die Dinge leicht zu nehmen. Wozu waren denn auch seine Mitarbeiter da? Ohne eine Antwort von Luise abzuwarten, brach er das Gespräch ab.

Das ist ja eine schöne Hilfe, dachte sie sich. Mit Ausreden und Versprechungen versuchte sie nun den Rest des Arbeitstages einigermaßen zu überstehen. Letzten Endes wurden die Kunden auf den nächsten Tag vertröstet, vor dem Luise schon graute. Was würde sie morgen wohl alles zu hören bekommen?

Kurz vor Feierabend erreichte sie noch ein Anruf, der aus ihrer Sicht einige Rätsel aufwarf. Der Gesprächspartner am anderen Ende der Leitung hielt es nicht für nötig, sich vorzustellen. Auf Luises Frage, mit wem sie denn das Vergnügen habe, meinte er, das tue nichts zur Sache. Er wolle lediglich nachfragen, was mit dem Wagen von 'frost & lecker' eigentlich los sei.

„Warum, was ist denn mit einem unserer Fahrzeuge?", wollte Luise wissen.

„Naja, Sie müssen wissen, dass ich einen Hund habe, einen Rhodesian Ridgeback. Mit dem Hund mache ich jeden Tag mehrere längere Runden durch den Wald bei Waldskofen. Als Rentner habe ich eben genug Zeit für einen solchen Hund, der viel Bewegung braucht. Und heute Mittag…..."

Es hatte ganz den Anschein, als würde er wohl einige Zeit brauchen, um sein Anliegen vorzubringen. Deshalb unterbrach Luise ihn:

„Und was hat das nun mit unserem Lieferwagen zu tun?"

„Na, dann lassen Sie mich doch ausreden", gab er etwas verärgert zurück. „Also, als ich heute Vormittag an dem Parkplatz beim Wildgehege in der Nähe von Waldskofen vorbei kam, stand dort eines Ihrer Fahrzeuge. Es kommt ja öfter vor, dass Ihre Fahrer hier Pause machen, deshalb habe ich mir auch nichts dabei gedacht."

Luise wurde immer ungeduldiger, sie wollte sich endlich in den wohlverdienten Feierabend verabschieden. „Und warum rufen Sie uns an?"

„Junge Frau, nun mal nicht so forsch. Ich komme gerade von meiner Nachmittagsrunde zurück. Und was soll ich Ihnen sagen: Der Wagen steht noch immer da. Aber es war weit und breit kein Fahrer zu sehen. Das ist doch ungewöhnlich, noch dazu wo das Führerhaus nicht verschlossen war. Ich habe mir gedacht, es wäre für Sie interessant zu wissen, dass Ihre Fahrer dermaßen lange Pausen machen. Wer weiß, was der im Wald treibt? Kann Ihr Unternehmen sich das leisten?"

„Das ist ja wirklich interessant", mehr fiel Luise dazu jetzt nicht ein. Nur noch: „Sagen Sie mir bitte, wer Sie sind."

„Auf keinen Fall, ich möchte anonym bleiben. Wenn Ihre Fahrer erfahren, dass der Typ mit dem Hund sie verpetzt hat, muss ich möglicherweise mit Unannehmlichkeiten rechnen. Das will ich auf jeden Fall vermeiden. Ich wünsche Ihnen einen guten Tag." Dann legte er auf.

Was nun, dachte Luise. Hat das bis morgen Zeit, oder muss ich sofort etwas unternehmen? Sie entschloss sich für die zweite Variante. Schließlich war es sicher keine gute Idee, den 'frost & lecker'-Wagen bis zum nächsten Tag auf einem einsamen Waldparkplatz stehen zu lassen. Was konnte da alles geschehen. Und außerdem musste man ja wissen, was mit dem Fahrer Martin Seidl passiert war.

Sie verließ also ihr Büro und ging ins Lager, in dem die Fahrer am Abend Rückwaren in den Kühlräumen verstauten, ihre Tagesabrechnungen erledigten und Vorbereitungen für den nächsten Tag trafen. Sie hatte Glück. Alois Moser, der Lagerleiter, und ein Kollege aus dem Kreis der Verkaufsfahrer erklärten sich sofort bereit, nach Waldskofen zu fahren, um sich um den ‚herrenlosen' Lieferwagen zu kümmern. Außerdem war es ja wirklich bedenklich, dass Martin verschwunden war. Da war es ja wohl klar, dass man zur Hilfe bereit war. Martin war bei den Kollegen sehr beliebt, wenn man einmal von Andreas Klausner absah, der gegenüber Martin eine besondere Zurückhaltung pflegte.

Die beiden Kollegen fanden den Wagen, wie von dem unbekannten Anrufer beschrieben, auf dem Parkplatz in Waldskofen vor. Das Führerhaus war unverschlossen. Der Zündschlüssel steckte nicht. Von Martin Seidl gab es weit und breit keine Spur. Unerklärlich, dass er das Fahrzeug verlassen und nicht einmal abgeschlossen hatte. Was mochte hier wohl passiert sein?

Alois Moser hatte mit Bedacht den im Büro deponierten Zweitschlüssel dabei. So konnte er den Lieferwagen übernehmen, um ihn, wie mit Luise Brandner besprochen, zurück nach Rosenheim zu fahren und auf dem Firmenparkplatz abzustellen. Alles Weitere würde man dann ja am nächsten Morgen sehen.

***

19

Hauptkommissar Maximilian Reischl war seit vielen Jahren bei der Kripo in Rosenheim tätig und hatte als Leiter der Mordkommission schon so manchen spektakulären Fall gelöst. Lange Zeit wurde seine Arbeit durch die ‚Unterstützung' seines Assistenten Grassinger erschwert, der ein ums andere Mal durch unprofessionelles Verhalten Spuren verwischt, Verdächtige unabsichtlich gewarnt oder einfach durch Schlafmützigkeit Fahndungserfolge gefährdet hatte. Deshalb empfand Reischl den Tag, an dem Grassinger zur Kripo nach Passau versetzt wurde, als Glückstag. Seine Vorbehalte Grassinger gegenüber waren absolut berechtigt, denn von einem Kollegen aus Passau, mit dem Reischl vor Kurzem auf einer Weiterbildungsveranstaltung zusammengetroffen war, hatte er gehört, dass Grassinger seine Fähigkeit, Polizeiarbeit zu behindern, noch ausgebaut hatte.

Aber es gab eben auch Lichtblicke in der Arbeit Reischls. Dazu war der Dienstantritt seiner neuen Assistentin zu zählen. Marion Moosbauer, so hieß die junge Dame, war nicht nur ausgesprochen hübsch, sondern auch überaus intelligent. Groß, schlank und Rundungen dort, wo sie hingehören, dazu prachtvolle, lange brünette Haare, die sie zu einem langen Zopf geflochten hatte. Kurz, mit ihrer Erscheinung beeindruckte sie die Männerwelt.

Ihre Ausbildung in Fürstenfeldbruck hatte sie als Jahrgangsbeste abgeschlossen, was ihre Hoffnung genährt hatte, bei der Kripo in München eingesetzt zu werden. Das war jedenfalls ihr größter Wunsch. Aber die Karriere bei der Polizei ist kein Wunschkonzert, und so landete sie in Rosenheim als Assistentin von Hauptkommissar Reischl, dem der Ruf vorausging, ein ‚harter Knochen' zu sein, dem man nichts recht machen konnte.

Erstaunlicherweise sah sie diese Vorurteile nicht bestätigt. Der Hauptkommissar entpuppte sich als charmanter, zuvorkommender und sehr angenehmer Chef. Naja, wie man in den Wald hineinruft..., so erklärte sie sich das Verhalten von Reischl. Sie verstand es allerdings auch perfekt, ihn um den Finger zu wickeln, ein Augenaufschlag genügte oft, ihn zu beeinflussen.

Reischl hingegen war sehr angetan, eine so attraktive Kollegin neben sich zu haben. Jetzt empfand er auch die Tatsache gar nicht mehr als unangenehm, dass er sich vor einiger Zeit aus Kostengründen vom Luxus eines Einzelzimmers verabschieden musste. Im Gegenteil, die neue Bürogemeinschaft mit einer so netten Assistentin empfand er als ausgesprochen angenehm. Es schmeichelte ihm übrigens auch, dass Kollegen aus anderen Bereichen des Präsidiums anzügliche Kommentare abgaben, die er sich nur damit erklären konnte, dass die Herren auf ihn neidisch waren.

Diese Woche war relativ ruhig verlaufen. Reischl hatte mit seinem Team einen langwierigen Fall zu Ende gebracht, der alle Mitarbeiter der Mordkommission Rosenheim über einen langen Zeitraum beschäftigt hatte. Es gelang ihnen endlich, einen Mord an einem Rosenheimer Gastronomen aufzuklären, der sich offensichtlich geweigert hatte, das geforderte Schutzgeld zu zahlen. Natürlich hatte die Mafia ihre Hände im Spiel, aber es gab weder konkrete Hinweise auf mögliche Täter, noch hatten sich die der Kripo bekannten ‚Mafia-Mitarbeiter' etwas zu Schulden kommen lassen. Man tappte lange Zeit im Dunkeln, bis der ‚Kommissar Zufall' zu Hilfe kam.

Zu Giovanni Bertoni, Wirt vom ‚Il Cortile' in Rosenheim, pflegte Reischl einen sehr guten Kontakt. Aus Giovannis Sicht handelte es sich eher um eine Beziehung, die ihn seit einiger Zeit vor unliebsamen Überraschungen durch die Kripo schützte. Reischl hingegen wusste, dass er sich auf Giovanni verlassen konnte und der ihn nicht hinters Licht führen würde. In der Vergangenheit war es schön öfter dazu gekommen, dass ein wichtiger Hinweis von Giovanni geholfen hatte, eine Straftat aufzuklären. Giovanni bewegte sich dabei auf einem sehr schmalen Grat, denn gegenüber der Mafia und deren Vertretern durfte er sich keine Schwäche leisten. Er profitierte nämlich sehr wohl von den regelmäßigen Treffen, die in seinem Hinterzimmer stattfanden. Diesen äußerst diskreten Rahmen nutzten erfolgreiche, der Mafia nahestehende Geschäftsleute, die es naturgemäß mit den Gesetzen nicht allzu genau nahmen, um Erfahrungen auszutauschen und neue ‚Projekte' zu entwickeln. Da blieb es nicht aus, dass Giovanni den einen oder anderen Gesprächsfetzen auffangen und sich seinen Reim darauf machen konnte. Hin und wieder erging auf diesem Weg ein Tipp an Reischl, der einerseits von diesen Indiskretionen profitierte, andererseits aber auch eine schützende Hand über Giovanni hielt, wenn der wegen der Nähe zu seinen ‚Freunden' von der Mafia ins Blickfeld der Polizei geriet.

In dem vorliegenden Fall hatte Giovanni erfahren, dass einer seiner Gastronomiekollegen Streit mit der Mafia hatte, die das verlangte Schutzgeld von einem Monat auf den anderen verdoppelt hatte. Sein Kollege hatte sich geweigert zu zahlen und den nächsten Zahlungstermin leider nicht überlebt. Giovanni wusste genau, wer für das Inkasso bei dem ‚Ristorante Pizzeria Rimini', so hieß das Lokal seines Kollegen, zuständig war, behielt aber sein Wissen für sich. Erst nach einigen Wochen, in denen die Kripo keinen Schritt einer Aufklärung näher gekommen war, sorgte Giovanni dafür, dass Reischl einen anonymen Hinweis bekam, der eine lückenlose Beweisführung möglich machte. Der Täter saß jetzt also in U-Haft und konnte sich auf einen sehr langen Aufenthalt hinter Gittern einstellen.

An diesem Freitag saßen Maximilian Reischl und Marion Moosbauer an ihren Schreibtischen und freuten sich über den erzielten Fahndungserfolg. Schnell noch den Schreibtisch aufräumen, ein paar Mails beantworten und die neuesten Berichte und Dienstanweisungen lesen, dann sollte es ins verdiente Wochenende gehen. Aber in der Mordkommission konnte man nun einmal nicht von geregelter Arbeitszeit ausgehen. Verbrecher halten sich nicht an Dienstpläne.

Das Telefon klingelte. Marion Moosbauer meldete sich: „ Kripo Rosenheim, Moosbauer.“

Dann wurde ihre Miene ernst. „Und wo ist das? Seit wann?“ Sie machte sich Notizen. „Rühren Sie nichts an, wir kommen sofort.“

Sie legte den Hörer auf und an Reischl gerichtet: „Chef, es gibt Arbeit. Nichts mit Wochenende. Wir haben eine Leiche.“

In Windeseile machten sich beide auf den Weg zur Fima ,frost & lecker'.

***

20

Weder der Chef, Ludwig Lüneburg, noch seine Sekretärin Bärbel Winter nahmen an diesem Freitagmorgen Notiz von dem Lieferwagen auf dem Firmenparkplatz. Beide hätten sofort erkennen können, dass es sich um den Wagen von Martin Seidl handelte, aber sie übersahen geflissentlich die Tatsache, dass dieses Fahrzeug nicht auf dem Weg zu Kunden war, sondern auf dem Parkplatz stand.

Erst als Luise Brandner bei Bärbel Winter mit der Frage vorstellig wurde, was denn nun wegen Martin Seidl zu unternehmen wäre, registrierte man den Umstand, dass Martin an diesem Tag gar nicht erschienen war und eigentlich bereits am Vortag als vermisst zu gelten hatte. Luise drängte darauf, endlich zu erfahren, wie es denn nun weitergehen solle. Auch heute hätten schon Kundinnen nachgefragt, wann denn endlich mit den versprochenen Lieferungen zu rechnen sei.

Bärbel Winter reagierte ungehalten: „Was geht mich Martin Seidl an? Fragen Sie Herrn Lüneburg, was Sie machen sollen."

Offensichtlich war die im Allgemeinen sehr umgängliche Bärbel Winter schlecht gelaunt. Eigentlich war sie doch auf Martin Seidl immer gut zu sprechen. Was da wohl passiert sein mochte? Und jetzt sollte sie, Luise, ausgerechnet den Chef in dieser Angelegenheit um eine Entscheidung bitten? Der hatte sie doch gestern bereits am

Telefon abgekanzelt. Aber gut, es gab wohl keine andere Möglichkeit. Da musste sie durch.

Mutig betrat sie das Büro von Lüneburg. Sein Verhalten irritierte sie. Eigentlich hatte sie erwartet, dass der Kerl wieder laut, unbeherrscht und ungehobelt auf ihre Frage reagieren würde. Es kam aber ganz anders. Er saß ruhig an seinem Schreibtisch und wirkte sehr unkonzentriert, beinahe fahrig und verstört.

„Was wollen Sie, ich habe…..entschuldigen Sie, ich war mit den Gedanken gerade woanders."

So hatte sie ihn noch nie erlebt. Schließlich, nach einer langen Pause des Nachdenkens meinte er:

„Die vom Lager sollen den Wagen entladen und die Ware wieder einsortieren. Wer weiß, wo sich der Seidl rumtreibt. Wenn der wieder auftaucht, schmeiße ich ihn raus. Und rufen Sie die Kunden an. Sie werden in der nächsten Woche beliefert."

Dann bedeckte er sein Gesicht mit den Händen und deutete damit an, dass das Gespräch beendet war. Luise Brandner verließ das Büro und handelte so, wie ihr Chef angeordnet hatte.

Alois Moser war keineswegs erfreut, als er die Anweisung erhielt, den Wagen von Martin Seidl in das Lager zu fahren und die tiefgekühlten Waren wieder einzusortieren. Was sollte das denn? Erst wurden die Fahrzeuge mühsam beladen. Neben der standardmäßigen Bestückung mit den gängigsten Artikeln mussten jeden Morgen auch die individuellen Bestellungen abgearbeitet und die Ware im jeweiligen Fahrzeug deponiert werden. Damit hatte er genug zu tun und große Verantwortung zu tragen. Jede Falschlieferung brachte ihm nämlich einen Haufen Ärger ein. Und jetzt sollte dieser Wagen von Seidl wieder entladen werden? Was für ein Schwachsinn! Das bedeutete doch nur doppelten Aufwand. Aber so war es eben. Wieder zeigte sich, dass ‚die da oben' vom Tagesgeschäft keine Ahnung hatten. Und er musste es wieder ausbaden.

Alois Moser konnte diese Anweisung beim besten Willen nicht nachvollziehen. Was sollte das? Das Fahrzeug war funktionsfähig und würde doch in Kürze wieder zum Einsatz kommen, ob nun mit oder ohne Martin Seidl. Dann müsste man mit dem kompletten Ladevorgang wieder von vorne beginnen. Aber eine derart unsinnige Entscheidung passte zum Chef.

Also gut. Er fuhr den Lieferwagen ins Lager. Am Abend vorher hatte er noch - wie bei allen 'frost & lecker'-Kühlfahrzeugen - dafür gesorgt, dass der Wagen durch einen 400-Volt-Drehstromanschluss aufgeladen wurde, mit dem Ziel, dass vor der nächsten Beladung Minustemperaturen von bis zu 35 Grad im Laderaum erreicht wurden. Dadurch wurde eine durchgängige Kühlkette gewährleistet.

Die 'frost & lecker'-Kühlfahrzeuge verfügen über unterschiedliche Abteile, die einzeln über zehn Türen von außen erreichbar sind. Hinter einer

Tür - unmittelbar hinter dem Fahrer - befindet sich ein Non-TK-Fach. In diesem Fach fand Moser zu seiner Überraschung mehrere Einlegeböden, die dort eigentlich nicht hingehörten. Was hatte das zu bedeuten?

Nach dem Öffnen der nächsten Tür stockte ihm der Atem. Intuitiv schlug er die Tür wieder zu und versuchte zu realisieren, was er gesehen hatte. Da saß doch jemand in diesem Kühlabteil! Mein Gott, bei der Temperatur!

Vorsichtig öffnete er die Tür erneut und sah bestätig, was er nicht glauben wollte. Zusammengekauert, die Beine angezogen und den Kopf nach vorn geneigt befand sich in diesem für einen menschlichen Körper viel zu engen Stauraum ein steifgefrorener Mensch. Moser vermutete, nein, befürchtete, dass es sich hierbei um Martin Seidl handelte. Da die Verkaufsfahrer von 'frost & lecker' alle einheitlich gekleidet waren, konnte er die Identität nicht sofort zweifelsfrei feststellen, aber es sprach alles dafür, dass er mit seiner Befürchtung richtig lag. Schließlich wurde außer Martin niemand von der Verkaufsmannschaft vermisst. Und außerdem war dies auch genau das Auto von Martin.

Moser war geschockt und stand wie gelähmt vor der geöffneten Tür. Unfassbar! Es dauerte eine Weile, bis ihm bewusst wurde, dass er jetzt dringend etwas unternehmen musste. Dann rannte er völlig aufgelöst zum Empfang und rief

Luise Brandner zu: „Schnell, rufen Sie die Polizei, schnell!"

So hatte Luise Brandner den sonst so ruhigen und besonnenen Alois Moser in den sieben Jahren, die sie inzwischen bei 'frost & lecker' arbeitete, noch nie erlebt.

„Um Himmels willen, Herr Moser, was ist denn passiert?" Luise befürchtete das Schlimmste.

Moser holte Luft: „Schnell die Polizei! Martin sitzt tiefgefroren in seinem Auto!"

Auch wenn Luise kaum fassen konnte, was er atemlos rief, sie wählte 110 und forderte unverzüglich Hilfe an. Sie hoffte allerdings, dass sich alles als falscher Alarm herausstellen würde. Es würde sich schon aufklären, warum Moser völlig durchgedreht hatte.

Der ließ sich auf die Sitzbank fallen, die gegenüber der Empfangtheke platziert war, schaute Luise mit weit aufgerissenen Augen an und stammelte: „Es ist so furchtbar!"

***

21

Als Maximilian Reischl und Marion Moosbauer die Firma 'frost & lecker' erreichten, hatten die von Luise Brandner alarmierten Kollegen das Firmengelände bereits abgesperrt. Niemand durfte das Gebäude verlassen und die

Passanten, die durch die mit eingeschaltetem Blaulicht vor der Firma stehenden Einsatzfahrzeuge aufmerksam geworden waren, wurden auf Abstand gehalten. Es war immer das Gleiche, obwohl nichts zu sehen war, hatte sich eine Menge Neugieriger vor der Einfahrt versammelt.

Reischl steuerte den Wagen unter dem von einem Beamten hochgehaltenen Absperrband hindurch und parkte auf dem Besucherparkplatz. Der Einsatzleiter begrüßte die beiden kurz und informierte über den Stand der Dinge. In einem im Lager abgestellten Lieferwagen hätte man eine Leiche gefunden. Der Tod sei durch Erfrieren eingetreten. Fremdeinwirkung sei nicht zu erkennen.

Reischl warf seiner Assistentin Marion Moosbauer einen amüsierten Blick zu und entgegnete dem übereifrigen Beamten: „Und dann lassen Sie die Mordkommission rufen? Aber vielleicht ist Ihr Urteil auch etwas zu vorschnell? Warum sind sie sicher, dass Fremdverschulden auszuschließen ist?"

„Naja, die Umstände….." Reischl ließ ihn stehen und ging zielstrebig in Richtung Lager. Marion Moosbauer folgte ihm.

Der Einsatzleiter schaute ihm verärgert nach und sah sich wieder einmal in seiner Meinung bestätigt, dass dieser Hauptkommissar Reischl ein arroganter Fatzke war.

„Marion", Reischl duzte sich inzwischen mit seiner Assistentin, „Marion, ist die Spusi inzwischen verständigt?"

„Selbstverständlich, die Beamten müssen jeden Augenblick hier sein." Durch ihre Umsicht und ihre vorausschauende Art hatte sie sich schon nach kurzer Zusammenarbeit die Anerkennung und Sympathie ihres Chefs verdient.

Der Anblick, der sich ihnen im Lager bot, verschlug ihnen zunächst die Sprache. Die Lagerarbeiter hatten sich in die äußerste Ecke des Lagers zurückgezogen und tuschelten leise miteinander. Lediglich der Lagerleiter Alois Moser stand vor dem Kühlwagen und starrte noch immer völlig fassungslos auf das geöffnete Kühlabteil, in dem sich die regungslose männliche Person (das ist Polizeijargon) in höchst unbequemer Haltung befand, auf ca. minus 30° heruntergekühlt.

Reischl, der im Verlauf seiner langen Berufslaufbahn schon allerhand erlebt hatte und den so leicht nichts aus der Fassung bringen konnte, brachte lediglich ein „Unglaublich!" heraus. Dann wandte er sich an Moser: „Und wer sind Sie?"

„Ich bin Alois Moser, der Lagerleiter. Ich sollte den Wagen entladen und habe den Toten so, wie er hier sitzt, in diesem Fach gefunden."

„Und wer ist der Tote?" Reischl war verwundert, wie gefasst Moser inzwischen war.

„Ich bin ziemlich sicher, dass es unser Kollege Martin Seidl ist. Der war seit gestern verschwunden."

„Haben Sie irgendetwas berührt?"

„Nein, natürlich nicht, ich habe lediglich den Türgriff angefasst."

Reischl schaute ihn irritiert an. „Natürlich, sonst hätten Sie ihn ja nicht finden können. Wie lange steht der Wagen hier schon im Lager?"

„Ich habe den Wagen gestern Abend geholt und ihn auf dem Parkplatz abgestellt. Heute Morgen sollte ich ihn entladen. Dabei habe ich diese entsetzliche Entdeckung gemacht."

„Den Wagen geholt, woher?" Reischl hatte den Eindruck, von diesem Alois Moser noch mehr erfahren zu können.

„Ich habe gestern von unserem Büro den Auftrag bekommen, den Wagen von einem Waldparkplatz in der Nähe von Waldskofen abzuholen, weil Martin Seidl verschwunden war. Warum der Lieferwagen dort stand, weiß ich nicht. Fragen Sie besser im Büro nach."

„Gut, das werden wir. Berühren Sie bitte nichts. Die Spurensicherung wird gleich da sein. Und halten Sie sich zu unserer Verfügung. Sie und Ihre Kollegen dürfen das Firmengelände nicht verlassen."

Auf dem Weg vom Lager zum Büro erhielt Marion den Auftrag, die Staatsanwältin Andrea Zimmerer und die Rechtsmedizin zu informieren.

„Ich schau mich schon mal im Büro um", damit verschwand Reischl im Gebäude. Er wusste, dass seine Assistentin die richtigen Schritte einleiten würde. Es gab keinen Zweifel, dieser Fall war kompliziert. Erstens war der Tod wohl kaum am Fundort eingetreten, was bedeutete, dass auf die Spusi eine Menge Arbeit zukam. Zweitens war wohl kaum von einer natürlichen Todesursache auszugehen. Wer setzte sich schon freiwillig in ein auf mehr als minus 30 Grad heruntergekühltes Loch?

Reischl war sich darüber im Klaren, dass jetzt ein Marathon an Zeugenbefragungen beginnen würde. Er musste herausfinden, wer in dieser Firma wie zu dem Verstorbenen stand — wenn es sich überhaupt um den vermissten Martin Seidl handelte. Aber davon war zunächst einmal auszugehen.

Am Empfang wurde er von Luise Brandner begrüßt, die auf ihn einen sehr zurückhaltenden, ja schüchternen Eindruck machte. Nachdem er sich vorgestellt hatte, ließ er sich eine Telefonliste aushändigen, mit der er sich eine Übersicht über alle Mitarbeiter mit der jeweiligen Funktion verschaffte. Nachdem er die Liste ausgiebig studiert hatte, wandte er sich wieder an Luise Brandner.

„Ihr Chef ist Herr Lüneburg? Ist der im Haus?"

„Ja, ich melde Sie an." Sie gab sich sehr engagiert. Wann hatte man schon einmal die Kripo im Haus?

„Nein lassen Sie das, wir werden ihn überraschen. Wo hat er sein Büro?" Inzwischen hatte sich Marion nach der Erledigung einiger Telefonate wieder zu ihm gesellt.

Lüneburg war überrascht, dass es jemand wagte, sein Büro direkt zu betreten. Es war allgemein bekannt, dass ein Termin nur über seine Sekretärin, Bärbel Winter, zu bekommen war. Deshalb maulte er: „Was soll das? Ich bin nicht zu sprechen!".

Natürlich hatte Lüneburg längst die unangenehme Nachricht erreicht, dass einer seiner Verkaufsfahrer im tiefgefrorenen Zustand in seinem Lieferwagen aufgefunden worden war. Aber diesen Vorgang wollte er möglichst schnell verdrängen. Sollte doch seine Sekretärin, die sich ja sonst immer um alles kümmerte, die notwendigen Auskünfte geben und die damit verbundenen unausweichlichen Formalitäten erledigen. Die von der Firmenleitung zu erwartenden Rückfragen würden ihm genug Stress bringen.

„Haben Sie nicht verstanden? Ich habe jetzt keine Zeit. Wenden Sie sich an meine Sekretärin!" Er tat so, als sei die Sache damit für ihn erledigt.

Reischl hielt ihm seinen Ausweis unter die Nase: „ Kripo Rosenheim, Hauptkommissar Reischl.

Das ist meine Kollegin, Frau Moosbauer. Wir haben ein paar Fragen an Sie."

„Muss das sein? Ich habe Wichtigeres zu tun. Lassen Sie sich von meiner Sekretärin einen Termin geben."

„So geht das nicht! Für Sie gibt es jetzt nichts Wichtigeres, als mit uns zu sprechen. Aber wenn Sie nicht wollen, können wir uns auch auf dem Präsidium unterhalten. Und zwar sofort!"

„Sofort? Was heißt das?" Lüneburg fühlte sich offensichtlich noch immer sehr sicher und glaubte, den Eindringlingen widersprechen zu können.

„Sofort heißt sofort. Im Klartext, entweder Sie beantworten uns jetzt Fragen oder wir nehmen Sie mit aufs Präsidium. Warum wollen Sie eigentlich nicht dazu beitragen, die Todesursache Ihres Mitarbeiters aufzuklären? Offen gestanden eine etwas eigentümliche Haltung Ihrerseits!" Reischl schaute ihn dabei so an, dass Lüneburg einlenkte.

„Also gut, um was geht es?" Er befürchtete, dass es ein weniger angenehmes Gespräch werden könnte. Ein Todesfall in der Firma war ja ein ziemlich dramatischer Vorgang. Hoffentlich konnte man die Presse raushalten. Das waren Lüneburgs Gedanken. Er ahnte allerdings nicht, wie ernst und unangenehm es am Ende wirklich werden würde.

„Wollen Sie uns nicht zunächst mal einen Platz anbieten?" Reischl fand, dass dieser Lüneburg ein ziemlich ungehobelter Kerl war. Und der leitete die Niederlassung der renommierten Firma ‚frost & lecker'? Eigentlich kaum vorstellbar.

„Bitte." Lüneburg rang sich zu einer Handbewegung Richtung Konferenztisch durch und ließ sich als erster auf einem der Konferenzsessel nieder. Mit abweisendem Blick schaute er zu, wie Marion Moosbauer und Maximilian Reischl ebenfalls Platz nahmen.

Reischl sah seine Einschätzung bestätigt. Lüneburg war wirklich ein Schnösel. Auch wenn es bei der Kripo manchmal etwas rau zuging, waren die Mitarbeiter in Sachen Etikette wenigstens so weit geschult, dass sie sich Damen gegenüber korrekt verhielten. Die Herren wussten jedenfalls, dass man wartete, bis die Dame Platz genommen hatte, bevor man es sich selbst bequem machte.

Sicher, die Nachrichten, die Reischl über Vorgänge in der Polizeischule Eutin in Schleswig-Holstein zu Ohren gekommen waren, hatten ihn erschüttert. Berichte, wonach Polizeischülerinnen Sexismus und Mobbing ausgesetzt gewesen sein sollten, schadeten der Polizei insgesamt. Aber hier war man schließlich in Bayern, da würde so etwas ja wohl nicht vorkommen.

Reischl empfand gegenüber Lüneburg eine gewisse Abneigung, wenngleich ihm durchaus bewusst war, dass bei den Ermittlungen in einem Mordfall - und davon ging er aus - absolute Neutralität zu gelten hatte. Gefühle durfte und konnte er sich nicht leisten. Er begann deshalb kühl und besonnen: „Herr Lüneburg, Sie sind Leiter dieser Niederlassung?"

„Ja, das wissen Sie doch!"

„Zum jetzigen Zeitpunkt müssen wir davon ausgehen, dass es sich bei dem Toten um Martin Seidl, einen Ihrer Verkaufsfahrer, handelt. Leider konnte er noch nicht zweifelsfrei identifiziert werden. Können Sie uns etwas über Martin Seidl berichten? Wie war sein Verhältnis zu Kollegen? War er beliebt? Hatte er Feinde? Wie war Ihr Verhältnis zu ihm?"

Lüneburg überlegte ein Weile, dann: „Naja, das sind viele Fragen auf einmal. Also im Prinzip war Martin beliebt, besonders bei den Frauen, von denen er teilweise angehimmelt wurde. Aber er war schließlich verheiratet."

„Wissen Sie etwas über sein Verhältnis zu Kunden? Erfassen Sie eigentlich Kommentare von Kunden mit dem Ziel, Ihren Service laufend zu verbessern?"

Es war die Absicht Reischls, möglichst viel über den Toten zu erfahren. In den langen Jahren seiner Ermittlungstätigkeit hatte er immer wieder erlebt, dass oft Kleinigkeiten den Ausschlag gegeben und zur Überführung der Täter geführt hatten.

Wiederum überlegte Lüneburg eine Weile. Wie sollte er auf diese Frage antworten, wo doch der gesamte Geschäftsbetrieb weitgehend an ihm vorbeilief? Natürlich lag es ihm fern, das hier einzugestehen. Deshalb ging er zum Angriff über:

„Sie haben wohl keine Ahnung, wie es in der freien Wirtschaft läuft, oder? Wir haben hier nicht einen so ruhigen Job wie Sie und Ihre Kollegen in der Verwaltung. Wenn man vom Staat bezahlt wird, muss man sich ja keine Gedanken darüber machen, wo jeden Monat das Gehalt herkommt. Ich trage hier die Verantwortung für eine große Zahl von Mitarbeitern, da kann ich mich doch nicht um jede Kleinigkeit kümmern." Er hatte sich in Rage geredet.

Reischl hatte sich diese Einlassung amüsiert angehört. Der Typ kam ihm überheblich, arrogant und im Prinzip völlig ahnungslos vor. Marion, die der Unterhaltung bisher aufmerksam gefolgt war, konnte jetzt ein vielsagendes Grinsen nicht mehr unterdrücken. Im Verlauf der bisherigen Zusammenarbeit mit Reischl hatte sie gelernt, dass er bei Verhören keine Zwischenfragen ihrerseits duldete. Er wollte seine Strategie ohne jegliche Einmischungen umsetzen, was in fast allen Fällen auch zum Erfolg geführt hatte. Marion schwieg also und dachte sich nur, was dieser Lüneburg doch für ein lächerlicher Gernegroß war. Wie konnte dieser Typ ohne jegliche Kinderstube nur zu diesem Job gekommen sein? Die Erklärung war wohl, dass auch in der freien Wirtschaft Führungspositionen keineswegs immer nach Qualifikation besetzt werden. Wenigstens eine Parallele zum Öffentlichen Dienst!

Reischl hatte zwar den Eindruck, dass das Gespräch mit Lüneburg - jedenfalls zum jetzigen Zeitpunkt - nicht viel bringen würde, trotzdem setzte er nach:

„Heißt das, sehr geehrter Herr Lüneburg, Sie können über Ihre Mitarbeiter keine Auskunft geben? Sind Sie der Chef hier oder nicht?"

Lüneburg stutzte, dachte kurz nach und entgegnete: „Natürlich bin ich hier der Chef. Darüber gibt es keinen Zweifel. Das heißt aber noch lange nicht, dass ich über jedes Detail und über jeden Mitarbeiter informiert bin. Wo denken Sie hin? Ich habe mich um das ‚große Ganze' zu kümmern. Da spielt ein einfacher Verkaufsfahrer doch keine Rolle."

Genau so schätzte Reischl ihn auch ein. Das waren die Chefs, die bei ihren Mitarbeitern besonders ‚beliebt' waren. Reischl dachte bei sich, dass Lüneburg ein ausgemachtes Arschloch wäre und stellte fest:

„Mir scheint, wir kommen hier nicht weiter. Sie sind ja nicht sehr auskunftsfreudig. Aber vielleicht haben Sie ja wirklich keine Ahnung von dem, was hier in der Firma passiert. Halten Sie sich bereit. Es kann sein, dass wir weitere Fragen an Sie haben, dann allerdings auf dem Präsidium. Komm Marion, wir gehen!"

Er stand auf, ging zur Tür, die er Marion mit den Worten aufhielt: „Guten Tag Herr Lüneburg, man sieht sich.

***

22

Inzwischen hatte die Spusi ihre Arbeit im Lager begonnen und den Lieferwagen untersucht. Bevor sie mit der Befragung der Mitarbeiter fortsetzen würden, wollten Reischl und Marion sich über den aktuellen Stand der Spurensicherung informieren.

Falls über die Identität des Toten kein Zweifel mehr bestehen und es sich wirklich um Martin Seidl handeln würde, stünde natürlich vorrangig ein Besuch bei der Witwe an. Hierzu war es, wie Reischl meinte, allerdings noch zu früh.

Auf dem Weg zum Lager klingelte Reischls Telefon. Am anderen Ende meldete sich die Staatsanwältin Andrea Zimmerer. Gegenüber der Polizei ist die Staatsanwaltschaft bekanntermaßen die Herrin eines Ermittlungsverfahrens. Andrea Zimmerer war ja über den Vorfall in der Firma 'frost & lecker' durch Marion Moosbauer in Kenntnis gesetzt worden und wollte nun über den Stand der Ermittlungen informiert werden, zumal sie die Presse nicht länger hinhalten konnte. Ihr Telefon stand kaum noch still, ständig wollte man von ihr wissen, was es mit dem Leichenfund in dem Lieferwagen auf sich hätte.

Andrea Zimmerer und Maximilian Reischl pflegten ein besonderes kollegiales Verhältnis. Sie vertraute ihm und konnte sich darauf verlassen, dass derlei Ermittlungen bei ihm in besten Händen waren. Er wiederum empfand die Zusammenarbeit ebenfalls als angenehm, zumal sie ihm gegenüber niemals die ‚Chefrolle' spielte, obwohl sie letztlich - so wie auch in diesem Fall - die Verantwortung trug.

Er informierte sie kurz und knapp und bekam von ihr den Hinweis, dass es nach Auskunft aus der Rechtsmedizin wohl ein bis zwei Tage dauern würde, bis die Leiche aufgetaut sei. Der Tote dürfe nicht zu schnell erwärmt werden, um keine Beweise zu vernichten. Sie hätte angeordnet, dass die Leiche des Mannes im Münchner Institut für Rechtsmedizin obduziert werde. Sobald die Spurensicherung vor Ort abgeschlossen sei, würde die Leiche in das Institut nach München überführt werden.

Das Team von der Spusi war mit größter Sorgfalt vorgegangen und hatte jegliche Spuren im Führerhaus, am Aufbau des Kühlwagens und an den Türen gesichert. Neben Fingerabdrücken hatten sie auch Unterlagen sicherstellen können, die Aufschluss über die letzten Kundenbesuche und die dabei getätigten Umsätze gaben. Das Handy des Toten war allerdings unauffindbar.

Die im Führerhaus gefundenen Unterlagen ließen eigentlich keinen Zweifel über die Identität des Toten zu. Es handelte sich offensichtlich um Martin Seidl. Letzte Gewissheit musste allerdings die Identifizierung durch die Ehefrau bringen.

Auch wenn den Mitarbeitern von 'frost & lecker' untersagt worden war, das Gebäude bzw. das Firmengelände zu verlassen, war nicht zu verhindern, dass die neusten Nachrichten per SMS, WhatsApp oder auch per Telefon nach draußen gelangten. So war es nicht verwunderlich, dass binnen kürzester Zeit Katharina Seidl einen Anruf erhielt und ihr über den Leichenfund im Wagen ihres Mannes berichtet wurde. Ihr stockte der Atem, ein fürchterlicher Verdacht beschlich sie. Im Auto ihres Mannes? Wer sollte das anderes sein als ihr Mann? Der war am Abend vorher nicht nach Hause gekommen. Die ganze Nacht hatte sie gewartet und keinen Schlaf gefunden. Da sie ihn auch nicht auf seinem Handy hatte erreichen können, befürchtete sie schon, dass etwas passiert sein könnte. Aber das jetzt....?

In großer Panik stürzte sie in ihren Wagen und fuhr die wenigen Kilometer zur Firma. Man verwehrte ihr die Zufahrt zum Firmenparkplatz, auch das Gebäude dürfe niemand betreten. Der Beamte, der den Zugang kontrollierte, hatte allerdings gleich das Gefühl, dass hier ein besonderer Fall vorlag. Selten hatte er eine derart aufgeregte, ja in Panik befindliche Frau erlebt. Nach kurzer telefonischer Rücksprache wurde Katharina eingelassen. Hauptkommissar Reischl, der die Zusammenhänge sofort erkannt hatte, schickte Marion Moosbauer zum Eingang. Dort nahm sie sich der völlig aufgelösten Katharina Seidl an und führte sie in das Besucherzimmer im

Erdgeschoss. Hier hatte sich, nachdem er einen Arzt hatte rufen lassen, auch Reischl eingefunden.

Was folgte, war die traurige Pflicht, die selbst alten, erfahrenen Kriminalbeamten immer wieder an die Nieren geht. Es ist schon schlimm genug, wenn Todesnachrichten zu überbringen sind, aber bei der Identifizierung der Leiche durch nächste Angehörige anwesend zu sein, geht einem immer sehr nahe. Da machte Reischl keine Ausnahme. In diesen Situationen gab es Momente, in denen er den ansonsten heiß geliebten Beruf hasste. Er wunderte sich allerdings, wie souverän und professionell seine Assistentin Marion damit umging.

Es kam so, wie man nach den ersten Untersuchungen durch die Spusi erwarten musste. Katharina erklärte unter Tränen, ja, der Tote sei ihr Mann. Alle Versuche, ihr noch ein paar Fragen zu stellen, scheiterten. Sie war nicht in der Lage, irgendwelche Auskünfte zu geben. Der inzwischen eingetroffene Arzt kümmerte sich um sie und versuchte, sie zu beruhigen.

Im Anschluss hörten sich Reischl und seine Assistentin den Zwischenbericht der Spusi an und mussten sich eingestehen, dass es außer einer überschaubaren Zahl von Fingerabdrücken und dem Tablet mit Aufzeichnungen über die Besuche und die getätigten Umsätze nichts gab, was geeignet gewesen wäre, Klarheit zu verschaffen. Handelte es sich um Mord oder hatte Martin Seidel aus irgendeinem Grund den Freitod gewählt? Im Internet gab es schließlich genügend Beiträge, die den angeblich ‚schmerzfreien und angenehmen Tod durch Erfrieren' verherrlichten. Aber warum hätte Martin Seidl sich selbst umbringen sollen?

Der Lagerleiter Alois Moser hatte ja bereits berichtet, er habe am Vorabend den Wagen von Mathias Seidl von einem Waldparkplatz in der Nähe von Waldskofen abgeholt und in die Firma gefahren. Möglicherweise gab es auf diesem Parkplatz Hinweise, die für die Ermittlungsarbeit von Bedeutung sein konnten. Reischl forderte die Herren der Spusi deshalb auf, nach Abschluss der Ermittlungen auf dem Firmengelände auch auf dem erwähnten Waldparkplatz nach Spuren zu suchen.

Die bisher vorliegenden Ergebnisse waren mehr als dürftig. Reischls Laune verschlechterte sich zusehends. Er war es nicht gewohnt, nach einem Leichenfund längere Zeit im Dunkeln zu tappen. Jedenfalls war in aller Regel in derlei Fällen schnell klar, ob man in einem Mordfall zu ermitteln hatte oder ob es sich um einen Todesfall handelte, für den die Mordkommission nicht zuständig war. Letzteres hatte er sich für den aktuellen Fall gewünscht. Schließlich stand das Wochenende vor der Tür und er hatte seiner Frau Theresa einen Abstecher nach Südtirol versprochen. Es sah nun ganz danach aus, als würde daraus nichts werden. Gut, sie war an solche Zwischenfälle und kurzfristige Absagen gewöhnt. Mörder hielten sich eben nicht an geregelte Arbeitszeiten. Ärgerlich war es dennoch. Auch Marion Moosbauer sah wenige Möglichkeiten, die Verabredung mit ihrem Freund einzuhalten. Die Bergtour in die Tiroler Berge, auf die sie sich so sehr gefreut hatte, musste wohl verschoben werden.

***

23

Jetzt stand die Befragung der übrigen Mitarbeiter an. Reischl dachte sich, dass es sicher irgendwelche Hinweise geben würde, die zur Aufklärung beitragen könnten. Gab es Konflikte in der Firma, in die Martin Seidl verwickelt war oder steckte er vielleicht in anderen Schwierigkeiten, über die man etwas erfahren konnte?

Nachdem die Unterhaltung mit dem hochnäsigen Chef so überaus ergebnislos verlaufen war, wurden Reischl und Marion jetzt bei der Sekretärin Bärbel Winter vorstellig. Ob man ihr ein paar Fragen stellen könne? Selbstverständlich, gerne, aber sie wisse eigentlich gar nichts und könne wohl kaum Hinweise geben, die der Ermittlung dienlich sein könnten.

Damit gaben sich die Herrschaften von der Kripo natürlich nicht zufrieden und nahmen deshalb das Angebot, Platz zu nehmen, gerne an.

Bevor Reischl die erste Frage stellen konnte, wurde die Tür zum Chefzimmer geöffnet und Lüneburg stand im Türrahmen.

„Ach, ist die Kripo immer noch im Haus? Was gibt es denn noch zu klären?"

Mit diesen Worten setzte er sich unaufgefordert zu den anderen an den kleinen Besprechungstisch, auf den Bärbel Winter seinerzeit bestanden hatte, nachdem sie immer häufiger auch Gäste und Mitarbeiter zu empfangen und zunehmend Aufgaben ihres Chefs zu erledigen hatte.

Reischl fand den Auftritt Lüneburgs frech und gedachte keineswegs das aus seiner Sicht flegelhafte Benehmen dieses ‚Möchtegernchefs' unwidersprochen hinzunehmen.

In einem Tonfall, der an Deutlichkeit nichts zu wünschen übrig ließ, klärte Reischl auf:

„Herr Lüneburg, grundsätzlich entscheiden wir selbst, wer an welchem Gespräch teilnimmt. Sie an diesem jedenfalls nicht! Sie stellen uns ab sofort ein Besprechungszimmer zur Verfügung, in dem wir vertraulich und ungestört Gespräche führen können. Wenn nicht, wird die gesamte Belegschaft einzeln im Präsidium erscheinen. Was das für 'frost & lecker' bedeutet, muss ich Ihnen wohl nicht erklären. Ganz abgesehen von der Presse, die das entsprechend kommentieren wird. Und wenn Sie zur Sache noch etwas auszusagen haben, melden Sie sich ebenfalls auf dem Präsidium. War das deutlich genug?"

Bärbel Winter hatte der Zurechtweisung mit leichtem Grinsen zugehört und ergriff die Initiative, bevor Lüneburg kapiert hatte, was gerade mit ihm geschehen war. Unglaublich, dachte er später, das hatte noch niemand gewagt. Dass er in ‚seinen' Geschäftsräumen in dieser Weise gemaßregelt wurde, war ein starkes Stück. Bevor er Luft geholt hatte und antworten konnte, schlug Bärbel vor, die weiteren Gespräche im Besucherzimmer im Erdgeschoss zu führen, das sie ja bereits von dem Gespräch mit Frau Seidl kannten. Lüneburg war sichtlich verärgert, traute sich aber nicht, in Anwesenheit der Kripo seiner Sekretärin zu widersprechen. Er wusste allerdings auch zu gut, dass es besser war, sich nicht mit Bärbel Winter anzulegen. Das nämlich könnte seine Stellung im Unternehmen nachhaltig beschädigen. Schließlich war er von ihr in beachtlichem Umfang abhängig. Das wurmte ihn zwar, aber ihm standen nicht die Mittel zur Verfügung, das zu ändern. Also schwieg er.

Endlich konnte Reischl seine Fragen an Bärbel Winter richten. Welche Stellung sie bei 'frost & lecker' bekleide, mit welchen der Kolleginnen und Kollegen sie auch private Kontakte pflege und ob sie in den letzten Tagen und Wochen irgendwelche Auffälligkeiten beobachtet hätte, die im Zusammenhang mit dem Tod von Martin Seidl stehen könnten? Weiter die Kontakte, die Martin Seidl in der Firma unterhielt und wieweit diese über den geschäftlichen Rahmen hinausgingen?

Und natürlich alles, was sonst vielleicht wichtig sein könnte.

Ja, sie wäre die ‚rechte Hand' ihres Chefs, aber eigentlich könne sie nicht viel sagen. Sie hätte weder etwas beobachtet noch sei ihr etwas zugetragen worden, was von Bedeutung sein könnte. Im Übrigen sei es ja selbstverständlich, dass sie sich in ihrer exponierten Stellung nicht an Gerüchten und Tratschereien beteiligen würde, die es sehr wohl im Unternehmen gebe.

Die Bemerkung machte Reischl stutzig. Er schaute kurz zu Marion, die aufmerksam Protokoll führte, und setzte nach: „Was meinen Sie damit?"

Bärbel ärgerte sich selbst über ihre unvorsichtige Bemerkung, aber jetzt musste sie Farbe bekennen.

„Naja, es gibt die eine oder andere Beziehung, die nicht so für die Öffentlichkeit bestimmt ist."

Dabei dachte sie an Andi Klausner und dessen Affäre mit Katharina Seidl oder auch an die Geschichte, die ihr der Privatdetektiv Luchs zugetragen hatte. Ihre eigene Beziehung zu Martin Seidl ließ sie bei ihrer Überlegung geflissentlich außer Acht. Kaum hatte sie ausgesprochen, ärgerte sie sich schon über ihre Unvorsichtigkeit. Dieser penible Hauptkommissar würde sich damit sicher nicht zufrieden geben und weitere unangenehme Fragen stellen.

Genau so war es: „Frau Winter, derlei Andeutungen helfen uns nicht weiter. Bitte konkret! Was meinten sie mit Beziehungen, die nicht für die Öffentlichkeit bestimmt sind?"

„Ach, das hat doch nichts mit dem Tod von Martin zu tun. Ich habe das nur so dahingesagt." Sie versuchte zurückzurudern und wollte schnell aus dem Dilemma herauskommen, in das sie sich selbst hineinmanövriert hatte.

Reischl ließ jedoch nicht locker: „Gab es auch eine Beziehung, in die Martin Seidl verwickelt war?"

„Davon weiß ich nichts", log sie. Natürlich hatte sie keinerlei Interesse daran, ihre Affäre mit Martin zu Protokoll zu geben. Sie befürchtete, damit eine Lawine auszulösen. Möglicherweise kam dann auch ans Licht, wie sie Martin bedroht hatte, nachdem sie durch den Privatdetektiv von seiner Beziehung zu einer Kundin erfahren hatte. Die Türen hatten schließlich Ohren, da war nicht auszuschließen, dass jemand ihren Wutausbruch mitgehört hatte, als sie Martin angedroht hatte, ihn ‚fertig zu machen'. Sie war sich nicht einmal sicher, dass die Tür zum Flur damals geschlossen war. Es war also durchaus möglich, dass es einen Mithörer gegeben hatte.

Wider Erwarten bohrte Reischl nicht weiter nach. Er hatte zwar den Eindruck, dass Bärbel Winter längst nicht ihr ganzes Wissen über die Interna preisgegeben hatte, aber offensichtlich war sie auch nicht bereit, mehr auszuplaudern. Da musste man einfach abwarten. Es gab ja schließlich auch noch andere Wege, die Wahrheit zu erfahren.

Reischl beendete deshalb die Befragung mit den Worten:

„Frau Winter, ich habe das Gefühl, dass Sie uns etwas verschweigen. Denken Sie darüber nach, ob Sie sich nicht dadurch selbst in Schwierigkeiten bringen werden. Hier ist meine Karte. Rufen Sie an, wenn Ihnen noch etwas einfällt. Jedes Detail ist wichtig. Sie sind doch auch daran interessiert, schnell zu erfahren, was mit Martin Seidl passiert ist?"

Dann schaute er auf die Personalliste, die vor ihm auf dem Tisch lag und erklärte, jetzt Luise Brandner sprechen zu wollen.

Bärbel Winter zog sich zurück. Sie wirkte auf Reischl sehr nachdenklich, ja beinahe ein wenig verängstigt. Hatten seine Worte eine solche Wirkung hinterlassen? Oder trug sie tatsächlich ein brisantes Geheimnis mit sich herum?

***

24

Luise Brandner war die Nervosität auf den ersten Blick anzusehen, als sie das Besucherzimmer betrat. Sie hatte sich ja an den Umgang mit Kunden - jedenfalls am Telefon - inzwischen gewöhnt. Dass sie aber jetzt der Kriminalpolizei Rede und Antwort stehen sollte, überstieg alles, was sie sich bisher selbst zugetraut hatte. Marion Moosbauer erkannte die Situation sofort und versuchte mit belanglosen Bemerkungen der völlig aufgelösten Luise die Hemmungen zu nehmen. Das gelang Marion mit ihrer einfühlsamen Art nach wenigen Minuten. Sie müsse keine Angst haben, es ginge ja nur um die Beantwortung von ein paar Fragen, erklärte sie Luise, die zusehend gefasster wurde und schon bald bereit war, die gestellten Fragen wahrheitsgemäß zu beantworten.

Reischl hatte den Dialog zwischen den beiden jungen Frauen bewundernd verfolgt und beglückwünschte sich zu dieser überaus begabten Assistentin. Dabei ging ihm durch dem Kopf, wie das Gespräch wohl gelaufen wäre, wenn ihn sein früherer Assistent Grassinger begleitet hätte. Wie gut, dass dieser sich selbst überschätzende Typ nach Passau versetzt worden war und Marion den frei gewordene Platz in der Kripo Rosenheim eingenommen hatte.

Das folgende Gespräch verlief besser und erfolgreicher, als Reischl sich das hätte träumen lassen. Nie hätte er damit gerechnet, dass diese schüchterne Person mit so wichtigen Details aufwarten würde. Sie geriet geradezu ins Plaudern und hatte Interessantes zu berichten.

Wer an so zentraler Stelle innerhalb eines Unternehmens tätig ist wie Luise, erlangt natürlich Kenntnis von Beziehungen und Vorgängen, die die betroffenen Mitarbeiter wohl lieber nicht der Öffentlichkeit preisgeben würden.

Über die Affäre zwischen Andi Klausner und Katharina Seidl wussten alle in der Firma Bescheid. Das wiederum war allerdings den beiden nicht bekannt. Ebenso verhielt es sich mit der Beziehung zwischen Bärbel Winter und Martin Seidl. Jetzt, nachdem Luise Brandner so freizügig von der Leber weg berichtet hatte, wurde Reischl natürlich auch klar, was das Problem von Bärbel Winter war. Gut, man konnte verstehen, dass sie ihr Geheimnis nicht verraten wollte, aber hatte sie etwas mit Martins Tod zu tun?

Zur Überraschung Reischls kam nun noch eine andere Beziehung Seidls zur Sprache. Luise meinte, sie wisse zwar nichts Konkretes, aber es spreche viel dafür, dass Martin Seidl auch mit einer Kundin mehr als geschäftliche Kontakte pflegte. Jedenfalls hätte es auffällig häufig Besuche bei einer Frau Geiger in Waldskofen gegeben.

„Naja, das muss ja noch nichts bedeuten", warf Reischl ein. „Aber wir werden der Sache nachgehen. Geben Sie uns bitte die Adresse von dieser Frau Geiger."

„Gerne, ich muss am Empfang nachsehen und schreibe sie Ihnen dann auf." Mit diesen Worten stand sie auf und hoffte auf ein Ende des Gesprächs. Doch Reischl hielt sie auf:

„Halt, warten Sie, war das wirklich schon alles? Am Empfang und in der Telefonzentrale bekommt man doch sicher sehr viel mit?"

Sie schüttete den Kopf, doch nach kurzer Pause meinte sie, ja, da wäre noch etwas. Aber sie wisse nicht, ob das wirklich wichtig sei. Gestern Nachmittag, als bereits alle in heller Aufregung wegen des Verschwindens von Martin waren, hätte ein Mann angerufen und den Hinweis gegeben, dass der Wagen von Martin auf diesem Parkplatz im Waldskofen stünde.

„Natürlich ist das wichtig. Wer war der Mann? Haben Sie seinen Namen oder die Telefonnummer? Die wird doch auf dem Display angezeigt."

Luise war sehr erstaunt, dass diese Belanglosigkeit von so großem Interesse sein sollte.

„Nein, er hatte die Nummer unterdrückt und wollte seinen Namen nicht nennen. Allerdings fiel mir auf, dass er ziemlich langatmig war und viel erzählte, bevor er endlich auf den Punkt kam."

„So? Was hat er denn erzählt?" Reischl spürte, dass hinter dieser Information vielleicht eine Spur stecken könnte. Warum rief jemand in der Fima an, um den Standort eines Firmenwagens anzuzeigen?

„Also, erst hat er lang und breit erzählt, er sei Rentner und würde jeden Tag mit seinem Hund spazieren gehen. Aber das macht doch fast jeder Rentner und ist völlig uninteressant. - Ach ja, er hätte einen Rhodesian Ridgeback. Die finde ich besonders schön, wissen Sie, die haben eine so tolle Zeichnung auf dem Rücken und so ein herrliches Fell." Luise verfiel ins Schwärmen.

„Oh", meinte Reischl, „das hilft uns vielleicht weiter."

Jetzt machte Luise einen zufriedenen Eindruck. Das Gespräch mit der Kripo war doch ganz angenehm verlaufen. Und ob sie jetzt wieder an ihren Arbeitsplatz zurückkehren könne, die Frau Winter hätte sie ja jetzt schon lange genug vertreten müssen?

Natürlich könne sie das. Reischl bedankte sich für die Auskunftsfreudigkeit und war sich sicher, mit der einen oder anderen erhaltenen Information der Klärung dieses Fäll etwas näher kommen zu können.

Gerade als sie den Raum verlassen wollte, drehte sich Luise noch einmal um. Ihr wäre da noch etwas eingefallen, aber das hätte wohl keinerlei Bedeutung. Trotzdem wollte sie gerne noch darauf hinweisen.

„Ja bitte", Reischl bat sie, noch einmal Platz zu nehmen und hörte sich folgende Ergänzung ihrer Berichterstattung an:

„Also es war so", begann sie, „vor einiger Zeit, ich weiß nicht mehr genau wann, tauchte hier ein Herr auf, der sich als Privatdetektiv zu erkennen gab und allerlei Fragen stellte. Auch ich habe ihm einige Fragen beantwortet, allerdings nur das, was sowieso allgemein bekannt war."

„Was denn zum Beispiel?" Reischl witterte jetzt eine neue Fährte und hatte, was den neugierigen Frager betraf, einen Verdacht.

„Er zeigte mir ein Bild von Martin und wollte wissen, wer das wohl sein könnte. Dann fragte er nach irgendwelchen Kontakten, die

Martin hier im Unternehmen hätte. Die Affäre zwischen Frau Winter und Martin ist ja hier allgemein bekannt, deshalb habe ich das wohl auch erwähnt. An weitere Details kann ich mich nicht erinnern." Luise lehnte sich zurück und war davon überzeugt, nun alles in ihren Möglichkeiten stehende zur Aufklärung beigetragen zu haben.

Reischl gab sich aber noch nicht zufrieden. „Können Sie diesen Mann beschreiben?"

„Ich weiß nicht, eigentlich keine besondere Erscheinung. Ich denke, er wird so um die sechzig Jahre alt sein, mittelgroß und ziemlich schlank."

Der Verdacht Reischls wurde konkreter: „Wie war er gekleidet?"

Luise überlegte kurz, dann erinnerte sie sich: „Ziemlich unauffällig und eher etwas nachlässig. Er trug eine ziemlich verschlissene Jeans, ein großkariertes Hemd und darüber eine ziemlich alte Windjacke, die dringend eine Reinigung gebraucht hätte."

„Aha, das ist er." Reischl kannte den ehemaligen Kollegen natürlich bestens. Er war bisher zwar selten bei seinen Ermittlungen auf Herbert Luchs gestoßen, aber im Präsidium war er immer wieder Gesprächsthema. Allzu oft hatte er sich schon in Ermittlungen eingemischt, nicht immer zur Freude der Beamten. Aber gut, man konnte ihm konkret nichts vorwerfen. Es war schließlich sein gutes Recht, seine Pension als Detektiv ein wenig aufzubessern. Zudem war er ein ausgewiesener Fachmann, dessen erfolgreiche

Karriere bei der Kripo Spuren hinterlassen hatte. Wenn er mit Hinweisen herausrückte, konnte man sich absolut auf ihn verlassen. Damit rechnete Reischl nun auch in diesem Fall. Sicher hatte Luchs ein paar Erkenntnisse bei seinen Schnüffeleien gewonnen, die zur Aufklärung der verworrenen Geschichte um Martin Seidl beitragen würden.

„Frau Brandner, vielen Dank für die ausführlichen Informationen. Sie können wieder an Ihren Arbeitsplatz gehen. Rufen Sie uns bitte an, wenn Ihnen noch etwas einfällt. Jede Kleinigkeit kann wichtig sein."

Reischl war sehr zufrieden mit dem Ergebnis. Endlich mal eine Zeugin, die bereitwillig Auskunft gab und nicht ständig den Eindruck vermittelte, als würde sie etwas verheimlichen.

***

25

Reischl war der Meinung, hier in der Firma keine weiteren für die Ermittlungen relevanten Details erfahren zu können. Die Befragung Ludwig Lüneburgs war ergebnislos verlaufen und die Sekretärin, Bärbel Winter, hatte offensichtlich gemauert, möglicherweise um sich selbst zu schützen. Da müsste man sicher noch einmal nachhaken. Allerdings fehlten ihm dazu noch wichtige Angaben der Rechtsmedizin und der KTU.

Es stand ja nicht einmal die Todesursache zweifelsfrei fest. Er hatte zwar das Gefühl, dass da jemand nachgeholfen hatte. Doch wer kam als Täter infrage? Wer hatte ein Motiv? Und wie sollte er Alibis überprüfen, wenn der Todeszeitpunkt nicht annähernd bekannt war? Eine tiefgefrorene Leiche? Die fehlte noch in seinem reichen Erfahrungsschatz.

Ganz besonders beschäftigte ihn auch die Frage, ob Herbert Luchs etwas mit der Sache zu tun hatte. Und was könnte das sein? Aber das war ja vielleicht schnell herauszufinden.

Fragend schaute er seine Assistentin Marion an, die ihn inzwischen sehr so gut kannte, dass sie ihm zuvorkam: „Wir brechen hier ab und statten dem Herrn Privatdetektiv einen Besuch ab, oder?"

Reischl war ein wenig überrascht. "Wie kommst Du denn darauf?"

„Chef, so langsam kann ich Ihre Gedanken lesen. Nein, ernsthaft, das ist doch naheliegend. Wer sonst könnte uns denn jetzt weiterhelfen?"

Reischl war immer wieder darüber erfreut, wie professionell Marion ihren Job machte. Es erfüllte ihn mit Stolz, denn vieles hatte sie ja von ihm gelernt.

So wirklich überrascht war Herbert Luchs über den Besuch von seinem früheren Kollegen und der netten Assistentin nicht. Schließlich hatte er längst von dem unerfreulichen Vorgang in der

Firma 'frost & lecker' gehört. Dass man ihn jedoch so schnell aufsuchte, erstaunte ihn schon.

Reischl kam sofort zur Sache. Was es denn mit den Recherchen in der Firma auf sich hätte, in wessen Auftrag er arbeite und was er über Martin Seidl wisse, sollte Luchs erläutern.

„Mal langsam, lieber Maximilian, Du weißt doch genau, dass ich über meine Klienten keine Informationen herausgebe. Also lass es gut sein, ich kann Dir nichts sagen."

Luchs dachte gar nicht daran, seinen Auftraggeber oder gar die Ergebnisse seiner Nachforschungen preiszugeben.

Maximilian Reischl wiederum war nicht bereit, sich so einfach abfertigen zu lassen. Deshalb wurde er sofort dienstlich und forderte Luchs unmissverständlich zur Zusammenarbeit auf. Falls er, Luchs, irgendetwas über diesen Martin Seidl wisse, sei ihm dringend empfohlen, alle Karten auf den Tisch zu legen. Es sei schließlich nicht auszuschließen, dass Seidl ermordet worden sei. Im Übrigen müsse man einen ehemaligen Kripobeamten ja wohl nicht über die Folgen einer Strafvereitelung aufklären. Ob das klar sei?

Luchs reagierte mit Unverständnis. Er wisse überhaupt nicht, was er mit der Sache zu schaffen habe. Mord? Und wenn schon. Er habe keine Aussage zu machen.

Erst der Hinweis, dass man ein solches Gespräch auch hochoffiziell im Präsidium führen könne, veranlasste Luchs einzulenken. Schließlich räumte er ein, sich nach Martin Seidl und dessen Umfeld erkundigt zu haben. Dies sei im Rahmen eines Auftrags wichtig gewesen, der inzwischen aber abgeschlossen sei und mit den Vorgängen in der Firma 'frost & lecker' nicht das Geringste zu tun habe.

Von seinem bescheidenen ‚Zubrot', das er sich durch den Verkauf der pikanten Bilder an Bärbel Winter verdient hatte, erwähnte er aus guten Gründen nichts.

Reischl schaute zunächst Luchs und dann Marion ungläubig an. Dann zu Luchs: „Sag mal, glaubst Du ernsthaft, Deinen ehemaligen Kollegen verarschen zu können? Du spionierst einem Mitarbeiter von 'frost & lecker' hinterher, der wenige Tage nach deiner Schnüffelei tiefgefroren in seinem Verkaufswagen aufgefunden wird. Und dann willst Du mir erzählen, Dein Auftrag hätte nichts damit zu tun? Für wie blöd hältst Du mich eigentlich?"

Luchs druckste herum:" Naja, vielleicht gibt es ja einen Zusammenhang. Aber ich habe keine Ahnung welchen."

So langsam waren Reischls gute Laune und Geduld aufgebraucht. „Also, was ist jetzt? Ich will alles über den Auftrag wissen. Und lass ja kein Detail weg!"

Luchs sah sich in die Enge getrieben. Auch wenn es gegen sein Berufsethos ging, er musste Reischl über den Auftrag, den er für Walter Geiger, den Leiter der Sparkassenfiliale in Waldskofen, erledigt hatte, informieren. Als Luchs schilderte, wie Geiger auf die von Luchs überbrachten Neuigkeiten und die präsentierten Fotos reagiert hatte, kam Reischl der Gedanke, dass Geiger vielleicht in die Sache verstrickt sein könnte. Jedenfalls war Eifersucht ein ausreichendes Motiv. Eifersucht gehörte nach Reischls Erfahrung neben Geldgier zu den häufigsten Mordmotiven. Er nahm sich jedenfalls vor, diese Spur gewissenhaft zu verfolgen.

Es hatte sich also tatsächlich gelohnt, den Privatdetektiv Herbert Luchs zu befragen. Dem war nach diesem Gespräch überhaupt nicht wohl in seiner Haut, denn sollte bekannt werden, dass er gegenüber der Kripo geplaudert hatte, würde er sein Büro mit sofortiger Wirkung schließen können. Niemand würde einem solchen Detektiv noch einen Auftrag erteilen. Sein Ruf wäre ruiniert.

***

26

Reischl und seine Assistentin Marion ließen Luchs voller Zweifel zurück. Sie hatten sehr wohl bei dem Gespräch bemerkt, wie schwer es ihm gefallen war, mit den Hintergründen zu seinem Auftrag herauszurücken. Aber damit musste er selbst fertig werden. Schließlich hatte ein solcher Beruf, den er ja aus freien Stücken gewählt hatte, auch seine Tücken. Und wenn man als Detektiv nicht bereit war, sich gegenüber der Kripo kooperativ zu zeigen, machte man sich das Leben unnötig schwer.

Inzwischen war es später Nachmittag. Aus dem erhofften vorgezogenen Feierabend und dem anschließenden freien Wochenende war es nichts geworden. Der Tag war wider Erwarten lang und sie hatten seit dem Frühstück nichts gegessen. Da kam der Vorschlag von Reischl gerade recht:

„Sag mal, Marion, wollen wir nicht noch in der Osteria eine Pizza essen? Ich habe einen Mordshunger und lade Dich ein?"

„Oh ja, gerne, mir geht es ebenso." Natürlich wusste sie, dass es in der Osteria die beste Pizza Rosenheims gab. Noch dazu in einer unglaublichen Dimension. Deshalb nahm sie die Einladung gerne an. Dann musste ihr Freund eben noch auf sie warten. Wahrscheinlich war der sowie wegen der ausgefallenen Bergtour sauer auf sie. Da konnte die Szene, die er ihr sicher machen würde, auch später stattfinden.

Reischl verfolgte mit der Einladung außer dem Bedürfnis, seinen Hunger zu stillen, noch einen anderen Zweck. Nach diesem ereignisreichen Tag wollte er gerne das Erlebte Revue passieren lassen und analysieren. Wie könnte das besser gelingen, als zusammen mit seiner Begleitung, die ja über alle Details genauestens informiert war? Beim gemeinsamen Essen konnten sie alle Aspekte in Ruhe erörtern und überlegen, wie man am besten weiter vorging. Sicher wäre das auch im Büro möglich gewesen, aber mit knurrendem Magen?

Marion bestellte ‚Pizza Capricciosa'. Sie schwärmte für diesen Gaumenschmaus mit Vorderschinken, frischen Egerlingen, Artischocken, Oliven und Käse und konnte sich kaum erinnern, einmal etwas anderes bei ihrem Lieblingsitaliener bestellt zu haben. Anders Maximilian, der seit seinem Urlaub auf Amrum, wo er vor einem Jahr mit seiner Theresa eine wundervolle Zeit verbracht hatte, seine Liebe zu Fisch und Meerestieren entdeckt hatte. Deshalb wählte er ‚Pizza Marinara' mit Meeresfrüchten, Käse und Knoblauch, wohl wissend, dass Theresa ihm wieder Vorhaltungen machen würde, wenn er mit einer ordentlichen Knoblauchfahne nach Hause kommen würde. Aber das würde er hinnehmen. Auf diese Delikatesse, für die die Osteria bekannt war, wollte er nicht verzichten.

Reischl erklärte kurzerhand den heutigen Dienst für beendet und bestellte zwei Gläser Chianti Classico. Er war eben der Meinung, dass ein Glas Wein seine Fahrtüchtigkeit kaum beeinflussen würde und zu einem italienischen Essen auch der passende Wein gehörte. Marion gönnte ihm einen kritischen Blick, hatte aber letztlich gegen diese sinnvolle Ergänzung zum mit Heißhunger erwarteten Essen nichts einzuwenden.

„So, Marion", begann Reischl und hob sein Glas, "dann lass uns mal darüber reden, was als Nächstes zu tun ist."

Marion dachte kurz nach und antwortete dann: „Also Chef, eigentlich haben wir noch nichts Konkretes. Ich kann noch nicht erkennen, wer als Täter infrage kommen könnte. Wenn es überhaupt einen Täter geben sollte."

Reischl wollte gerade weiter ausholen und seine Sicht der Dinge erläutern, als das Essen serviert wurde. Da war dann kein Raum mehr für kriminaltechnische Erörterungen. Jetzt war Genuss angesagt. Es war lecker und reichlich wie immer, was Marion aber nicht daran hinderte, den Vorschlag Reischls anzunehmen, als Dessert noch das unübertroffene ‚Soufflé al Cioccolato', ein Schokoladensoufflé mit Mango-Passionsfrucht-Sorbet, zu bestellen. Reischl verzichtete mit dem Hinweis, in ihn passe nichts mehr hinein und begnügte sich mit einem doppelten Espresso.

Danach wurde er wieder sehr sachlich und stellte fest, von welchen Fakten man aus seiner Sicht in dem vorliegenden Fall ausgehen könne. Für ihn sei klar, dass Martin Seidl auf dem Weg ins Jenseits ihm nach dem Leben trachtende Gesellschaft gehabt haben musste. Wer würde sich denn schon in eine enge Kabine mit mehr als -20° C zwängen, um aus dem Leben zu scheiden? Nein, ein Suizid scheide aus, stellte er mit Bestimmtheit fest.

Außerdem sei ja wohl klar, fügte er hinzu, dass es mehrere Personen gab, die Martin Seidl nicht gerade besonders freundschaftliche Gefühle entgegenbrachten. Da war einmal der Bericht von Herbert Luchs, aus dem zu entnehmen war, dass Martin Seidel der Ehefrau von Walter Geiger, dem Filialleiter der Sparkasse, ziemlich regelmäßig die Aufwartung gemacht hatte. So etwas mögen Ehemänner im Allgemeinen nicht gerne. Da dürfte Walter Geiger kaum eine Ausnahme gemacht haben. Deshalb war eine Reaktion, die mit Gewalt einherging, wohl nicht gänzlich auszuschließen. Man würde also Geiger vernehmen und sein Alibi überprüfen müssen.

Marion hatte aufmerksam zugehört und meinte, jetzt sei es Zeit, auch ihre Meinung zu äußern:

„Chef, das glaube ich auch, Geiger passt wohl am besten. Er hatte ein starkes Motiv. Ich wüsste nicht, wer sonst aus dem uns bekannten Umfeld für die Tat in Betracht kommen könnte. Etwa dieser Andreas Klausner, der uns ja als Rivale von Martin Seidl genannt wurde? Aber eigentlich kann ich mir nicht vorstellen, dass er damit etwas zu tun hat. Bringt man den Ehemann seiner Geliebten um, um sich selbst den Weg frei zu machen? Wenn die Frau sich nicht von vornherein für ihn entscheidet, hat er doch wohl erst recht keine Chance bei ihr, nachdem er ihren Mann um die Ecke gebracht hat. Ein Mord macht aus meiner Sicht da überhaupt keinen Sinn. Es sei denn, beide,

Andreas Klausner und Martin Seidls Frau, hätten gemeinsame Sache gemacht."

„Das kann ich mir nicht vorstellen", knurrte Reischl, der mit der Situation sehr unzufrieden war. Sie tappten einfach im Dunkeln. Da musste noch etwas sein, was sie bisher nicht beachtet hatten. Aber was?

„Übrigens", fiel Marion noch ein, „ wer auf mich einen eigenartigen Eindruck gemacht hat, war der Boss. Dieser Lüneburg tat so, als interessiere er sich überhaupt nicht für den Leichenfund in seiner Firma. Mich macht das stutzig. Ist der wirklich so emotionslos oder gibt es für sein Verhalten andere Gründe? Ich finde, dem sollten wir doch noch einmal auf den Zahn fühlen. Vielleicht weiß er etwas."

„Natürlich hast Du Recht, Marion. Aber ich denke, wir müssen die Ergebnisse der KTU und der Rechtsmedizin abwarten. Vielleicht haben wir dann konkretere Anhaltspunkte."

Dann rief Reischl den Ober, zahlte die Zeche, gab ein bescheidenes Trinkgeld - so üppig wurden Polizeibeamte schließlich nicht bezahlt - und fuhr Marion nach Hause. Beide waren gespannt, was wohl der nächste Tag bringen würde. Wieder einmal war ein arbeitsreiches langes Wochenende im Präsidium angesagt.

***

27

Am nächsten Morgen trafen sich Marion und Reischl schon früh im Präsidium. Für beide waren der gestrige Abend und die anschließende Nacht nicht so wirklich angenehm gewesen. Marion musste sich Vorhaltungen machen lassen, dass nun schon wieder wegen ihres ‚Scheißjobs' eine gemeinsame Bergtour ausfallen würde. Ob sie sich einfach alles gefallen lassen müsse und was ihr denn nun wichtiger wäre, die Beziehung zu ihm, ihrem Freund, oder zu ihrem Chef, von dem sie ja so begeistert sei? Lange ginge das nicht mehr gut, er hätte bald die ‚Schnauze' voll.

Es versteht sich von selbst, dass nach dieser Auseinandersetzung die gemeinsame Nacht ohne die sonst üblichen Zärtlichkeiten vorüberging. Marions Freund war sauer wegen Marions Job. Marion war sauer, weil ihr Freund sauer war. Demzufolge trennte man sich am nächsten Morgen ohne gemeinsames Frühstück. Vielleicht, dachte Marion, kann ich mit Maximilian Reischl zusammen in der Kantine des Präsidiums noch einen Kaffee trinken.

Reischl erging es nicht viel besser. Theresa hatte sich schon des Öfteren darüber ausgelassen, dass Verbrechen eigenartiger Weise immer am Wochenende aufgeklärt werden müssten. Ob man denn damit nicht bis Montag warten könne? Eine in diese Richtung gehende Bemerkung brachte den ansonsten ruhigen und ausgeglichenen Reischl stets in Rage. Wann würde sie endlich den Sinn seines Berufs begreifen? Nach so vielen Ehejahren mit Maximilian musste sie doch langsam wissen, wie das mit der Verbrechenbekämpfung so ablief. Da gab es eben keine festen Dienstzeiten.

Sie hatte natürlich längst begriffen, dass ein potenzieller Mörder nicht eben mal von seinem Plan abließ, nur weil gerade Feierabend oder Wochenende war. Trotzdem gab es Situationen, in denen sie eine gehörige Portion Wut auf die Polizei hatte. Warum musste es immer ihren Mann treffen? Dabei fand sie es ja eigentlich ganz toll, dass er eine so wichtige Person bei der Kripo war. Aber das musste ja nun wirklich nicht unbedingt am Wochenende sein.

All diese Einlassungen hörte Reischl sich an diesem Abend mit ausgeprägter Geduld an, wohl wissend, dass wegen des ausgefallenen Ausflugs nach Bozen noch ein etwas heftigerer Vortrag folgen würde. Genau das passierte. Ob er denn nicht wisse, wie sehr sie sich auf dieses verlängerte Wochenende gefreut habe, und ganz besonders ärgerlich sei, dass sie nun wieder nicht im Marklhof in Girlan essen könnten.

Seit sie regelmäßig zu Kurzurlauben in Südtirol weilten, hatte Theresa dieses Restaurant besonders schätzen gelernt. Ein Abend in diesem über die Region hinaus bekannten Haus gehörte regelmäßig zum Pflichtprogramm während ihres Aufenthalts. Eine besondere Spezialität im Marklhof war Zicklein, das leider nicht immer auf der Karte stand. Bei ihrem ersten Besuch war Reischl übrigens höchst verwundert, dass seine Theresa sich dafür entschieden hatte. Wo sie doch sonst eher der traditionellen bayrischen Küche zugeneigt war, aber nun ausgerechnet Zicklein? Eine Flasche ‚Lagrein dunkel' hatte damals das lukullische Erlebnis abgerundet, an das sie sich immer gerne erinnerten. Insofern hatte Reischl sogar ein gewisses Verständnis für Theresas Enttäuschung. Aber an diesem Wochenende ging es nun mal nicht nach Südtirol, sondern ins Präsidium. Sie würde sich schon wieder beruhigen, dachte Reischl. Er hatte da so seine Erfahrung.

Reischl traf also an diesem Samstag seine Assistentin Marion im Büro und hatte sofort den Eindruck, dass es um ihre Laune nicht viel besser stand als um seinen eigenen Gemütszustand. Vielleicht sollten Kriminalbeamte doch besser ledig bleiben? Aber bevor er dazu kam, diesen Gedanken zu vertiefen, verwarf er ihn wieder. Bei genauer Betrachtung der hübschen Marion kam er zu dem Schluss, dass das Leben zusammen mit einer attraktiven Frau doch dem Dasein als Single vorzuziehen war. Der nächste Gedanke betraf die Tatsache, dass Theresa ja eigentlich gar nicht mit Marion zu vergleichen war. Aber das wollte er jetzt nicht vertiefen. Marion schaute ihn nämlich fragend an und meinte:

„Chef, ich habe noch nicht gefrühstückt. Wie wäre es mit einer Besprechung in der Kantine?"

Reischl schaute sie an und fragte sich, wieso er dieser charmanten Frau eigentlich nicht widersprechen konnte. Aber dann kam ihm eine Idee. Ob sie denn das bescheidene Angebot der Polizeikantine wirklich so toll fände? Aufgebackene Semmeln vom Vortag und die vielerlei Wurstsorten aus dem Supermarkt, die zwar unterschiedlich aussahen, aber alle gleich langweilig schmeckten, mussten es doch wohl nicht sein.

„Was hältst Du von einem Frühstück im Hotel Lindner in Bad Aibling? Das liegt am Weg."

Marion ahnte seine Absicht. „Du willst nach Waldskofen?"

„Ja, wir sollten den Rentner aufspüren, der bei 'frost & lecker' angerufen hat. Vielleicht hat er etwas beobachtet, was für uns interessant ist. Und auf dem Weg dorthin kann doch ein leckeres Frühstück nicht schaden. Ich kann übrigens mit leerem Magen schlecht nachdenken."

Dagegen war nichts einzuwenden. Bad Aibling war ja nicht weit weg und so saßen sie schon nach wenigen Minuten im Frühstücksraum des Romantikhotels und ließen sich Spiegeleier mit Speck und andere Leckereien schmecken.

„Sag mal Chef", wurde Marion wieder dienstlich, „wie willst Du denn den Rentner ausfindig machen? Wir haben weder Namen noch Adresse. Es ist nicht einmal sicher, dass er überhaupt in Waldskofen wohnt."

„Nichts einfacher als das", gab sich Reischl optimistisch. „Er hat einen Hund."

„Naja, das ist ja nun wirklich kein besonderes Kennzeichen. In Deutschland gibt es fast acht Millionen Hunde und ca. vierzig Millionen Haushalte. Das bedeutet, dass es in jedem fünften Haushalt einen Hund gibt. Suchen wir jetzt nach der Nadel im Heuhaufen?"

Marion war sehr skeptisch. Auf welche Idee war ihr Chef denn da verfallen?

Reischl schaute sie amüsiert an und erklärte dann mit gewisser Genugtuung:

„Es ist ja nicht irgendein Hund. Es handelt sich um einen Rhodesian Ridgeback. Und da können wir von einer wesentlich kleineren Zahl ausgehen. Ich denke, die Hundebesitzer in Waldskofen werden uns sagen können, um wen es sich handelt."

Beiläufig klärte er dann Marion darüber auf, dass seine Frau Theresa für diese Rasse besonders schwärmte und sie sich kaum beruhigen konnte, wenn sie einen derartigen Rassehund zu Gesicht bekam. Diese Tiere, die als intelligent und Fremden gegenüber zurückhaltend gelten, aber ohne Anzeichen von Aggressivität oder Scheu sind, sahen sich bei einer derartigen Begegnung mit Theresa regelmäßig intensiver Streicheleinheiten ausgesetzt. Glücklicherweise hatte Reischl seiner Frau den Wunsch ausreden können, ein solches Tier anzuschaffen. Es handle sich schließlich nicht um einen Schoßhund und für eine Haltung in der Wohnung sei der völlig ungeeignet. Er, Reischl, habe außerdem weder Zeit noch Lust, bei Wind und Wetter mit dem Hund ‚Gassi' zu gehen. Und sie sei ja auch nicht gerade begeistert, bei miesem Wetter die Wohnung zu verlassen. Dieser Einwand änderte keineswegs den Grad ihrer Zuneigung zu dieser Rasse, aber letztlich akzeptierte sie diese Argumente und verzichtete schweren Herzens.

Reischl hingegen hatte unbeabsichtigt wegen dieser Auseinandersetzung ein profundes Wissen diese Tiere betreffend erlangt. Deshalb ging er davon aus, dass der Halter eines Rhodesian Ridgeback in der überschaubaren Gemeinde Waldskofen wohl zu finden sein müsste.

Nachdem sie das Frühstück beendet hatten, setzten sie ihren Weg in Richtung Waldskofen fort. Kurz vor dem Ort erreichten sie den Parkplatz, auf dem Martin Seidls Kühlwagen vor zwei Tagen gefunden worden war. Reischls ursprüngliche Absicht, noch einen Blick auf diesen Parkplatz zu werfen, gab er schnell wieder auf. Schließlich hatte die Spusi den Fundort ja bereits genauestens untersucht. Der Bericht würde hoffentlich bei ihrer Rückkehr im Büro vorliegen.

Am Ortseingang kam ihnen eine junge Frau mit einem Jack Russel entgegen, von dem Marion sofort begeistert war. „Schau doch mal, wie süß!" entfuhr es ihr.

Reischl, der zugeben musste, dass dies wirklich ein Hund war, den man mögen konnte, auch wenn man wie er nicht gerade als Hundefreund bekannt war, erinnerte sie an den Zweck ihres Ausflugs.

„Marion, wir sind hier nicht auf einer Hundeschau, wir ermitteln in einem Mordfall. Aber Du hast Recht. Der Hund gefällt mir auch."

Seine Aufmerksamkeit galt allerdings eher der Hundebesitzerin, die nicht weiter überrascht war, als der Wagen neben ihr hielt. Natürlich nahm sie an, man würde sie nach dem Weg fragen.

„Ist etwas passiert?", war ihre Reaktion, nachdem Reischl sich ausgewiesen hatte und sich nach dem Halter eines Rhodesian Ridgebacks erkundigte.

„Nein, keine Sorge, wir haben nur ein paar Fragen. Kennen Sie jemanden, der einen solchen Hund besitzt?" Reischl hatte natürlich nicht die Absicht, den Grund ihrer Nachforschungen zu verraten.

„Also, ich kenne hier in der Gegend nur einen Hund dieser Rasse. Ich treffe ihn mit seinem ,Herrchen' öfter mal auf unserer Runde."

Genauere Auskunft könne sie nicht geben, allerdings hätte sie die Vermutung, dass der ältere Herr, also der Halter des Hundes, wohl auf dem Hof neben dem Golfplatz wohne.

„Vielen Dank, Sie haben uns sehr geholfen." Reischl war sich nun sicher, den Rhodesian Ridgeback mitsamt Halter finden zu können. Er täuschte sich nicht.

Kurze Zeit später saßen sie zusammen mit dem Gesuchten im Bräustüberl des Golfclubs Waldskofen. Ja, er habe in der Firma ,frost & lecker' angerufen und es sei richtig, er habe seinen

Namen nicht genannt. Ähnlich breit angelegt wie bereits beim Telefonat mit Luise Brandner versuchte er darzulegen, warum es besser sei, bei derartigen Angelegenheiten anonym zu bleiben. Schließlich sei ja hinlänglich bekannt, welcher Unfug heutzutage mit privaten Daten angestellt werde.

Marion und Maximilian Reischl hatten längst den wenig schmackhaften Cappuccino ausgetrunken, als sich ihr Gesprächspartner endlich anschickte, auf die von Reischl gestellte Frage einzugehen. Er wisse ja nicht, ob es wichtig sei, aber als er am Vormittag des letzten Donnerstags an dem Waldparkplatz vorbei kam, stand der Lieferwagen von 'frost & lecker' auf dem Parkplatz, was ja nicht ungewöhnlich war, denn er habe schon häufiger beobachtet, dass der Verkaufsfahrer dort Brotzeit machte.

„Und warum haben Sie dann in der Firma angerufen?", wollte Reischl wissen.

Man möge ihn doch bitte ausreden lassen. Das sei ja noch nicht alles. Er habe ja erst am Nachmittag angerufen, so gegen fünf Uhr.

„Und zu dieser Zeit stand der Wagen noch immer auf dem Parkplatz und es war kein Fahrer zu sehen. Das ist doch auffällig, oder?" Er schaute erst Reischl und dann Marion triumphierend an.

„Können Sie sich noch erinnern, wieviel Uhr es war, als Sie den Wagen morgens gesehen haben?" Reischl fand dieses Gespräch zäh und lästig, aber es war ja notwendig.

„Natürlich, ich komme dort immer um die gleiche Zeit vorbei. Sie müssen wissen, ich frühstücke immer um neun Uhr. Dabei lese ich die Zeitung. Seit vielen Jahren habe ich den Mangfall-Boten abonniert. Es ist ja leider so, dass der in Zusammenarbeit mit dem Münchner Merkur entsteht, was mir weniger gefällt. Beim Merkur sind sie mir nämlich zu CSU-hörig. Da ist mir die Süddeutsche Zeitung schon lieber. Aber im Mangfall-Boten erfährt man mehr über die Region, deshalb lese ich den."

Reischl war kurz davor, die Geduld zu verlieren. „Und wann waren Sie nun am Parkplatz?", bohrte er nach.

„Warten Sie." Er überlegte. „Also, ich starte jeden Morgen so gegen zehn. Demnach werde ich kurz vor halb elf am Parkplatz gewesen sein."

„Ist Ihnen dort etwas Ungewöhnliches aufgefallen?" Reischl war enttäuscht, dass dieses langwierige Gespräch so wenig ergiebig war. Aber dieser Senior war ja auch wirklich eine Nervensäge.

„Ja, warten Sie. Sonst sitzt der Fahrer um diese Zeit immer hinterm Steuer und verzehrt seine Brotzeit. An diesem Tag war das Führerhaus leer."

Und nach einer kleinen Pause: „Und noch etwas: Neben dem Lieferwagen stand ein weißer Kombi der Marke Toyota mit Rosenheimer Nummer, in dem zwei Männer saßen und heftig diskutierten. Ich kann mich so genau daran erinnern, weil ich mich immer über diese japanischen Autos ärgere. Können wir nicht Autos aus Deutschland kaufen? Jedenfalls für die Bayern sollte das gelten, wo doch in Bayern die besten Autos der Welt gebaut werden!"

„Na, mal langsam, in anderen Ländern werden auch gute Autos gebaut."

Reischl erinnerte sich sofort an den unvergesslichen Besuch mit seiner Theresa bei Ferrari in Modena, wollte aber jetzt nicht näher darauf eingehen. Dieses Gespräch war schon mühsam genug.

„Was war denn so besonders an diesen beiden Herren, oder fiel Ihnen nur das Auto auf?"

„Also, um diese Zeit parken auf dem Parkplatz - außer dem 'frost & lecker'-Auto - höchstens Wanderer oder Leute, die mit ihrem Hund durch den Wald laufen. Aber die Herren waren schnieke gekleidet, so mit Krawatte. Und dann standen sie direkt neben dem Kühlwagen. Finden Sie das normal?"

„Ich kann daran nichts Außergewöhnliches finden. Aber trotzdem vielen Dank für die Informationen." Reischl stand auf, ging zur Theke um zu bezahlen. Dann brachen sie gemeinsam auf.

Marion versuchte den einigermaßen enttäuschten Reischl aufzumuntern.

„Chef, ich bin sicher, dass wir klarer sehen werden, sobald wir die Ergebnisse der Spusi und der KTU vorliegen haben. Dann wird sich auch zeigen, ob die beiden Männer auf dem Parkplatz eine Rolle gespielt haben. Ich glaube das zwar nicht, denn ich vermute immer noch, dass der Geiger etwas mit der Sache zu tun hat."

„Warten wir es ab", gab Reischl etwas mürrisch zurück, der nicht so leicht aufgab. Er hatte sich fest vorgenommen, den Fall noch an diesem Wochenende aufzuklären. Auf die Idee, die weiteren Ermittlungen auf Montag zu verschieben, wäre er nie gekommen.

Dann fiel ihm ein, dass sie sich von Luise Brandner die Anschrift der Geigers hatten geben lassen. „Wohnen die Geigers nicht auch hier in Waldskofen?"

Marion kontrollierte kurz ihre Notizen und bestätigte seine Annahme.

„Na, dann werden wir dem Herrn Banker mal einen Besuch abstatten. Am Samstagmittag wird er ja zu Hause anzutreffen sein." Durch die Aussicht, heute doch noch weitere Erkenntnisse gewinnen zu können, verbesserte sich Reischls Laune spontan.

***

28

Tatsächlich, sie hatten Glück. Bevor sie allerdings an der Haustür der Geigers klingeln konnten, machte sich die Nachbarin, Eva Dreist, mit heller, keifender Stimme bemerkbar: „Wenn Sie zu Frau Geiger wollen, die ist nicht da!"

Die beiden drehten sich überrascht zu der älteren Dame um und sahen sie fragend an. Dadurch fühlte sich Eva Dreist animiert, etwas weiter auszuholen.

„Ich weiß ja nicht, wer Sie sind und was Sie von Frau Geiger wollen, aber es kann sein, dass sie länger nicht mehr nach Hause kommt. Sie hat heute Vormittag mit einem Koffer das Haus verlassen. Sie müssen wissen, dass es in der Ehe ja nicht mehr gestimmt hat." Dieses vermeintliche Wissen präsentierte sie mit einer gewissen Genugtuung, als sei sie stolz darauf, besser informiert zu sein als die Besucher.

„Woher wissen Sie das denn?", wollte Reischl wissen.

„Also hören Sie mal! Das können Sie mir ruhig glauben. Mir entgeht hier nichts!" Daran hatte Reischl nach ihrem Auftritt keinen Zweifel, Marion konnte sich ein Grinsen nicht verkneifen.

„Junge Frau, das ist kein Grund, sich zu amüsieren." Jetzt wurde sie persönlich: "Aber Ihr jungen Dinger habt ja keinen Respekt mehr vor der Ehe. Kaum kommt ein attraktiver Kerl um die Ecke, springt Ihr mit ihm ins Bett und betrügt Eure Ehemänner!"

Das ging Marion nun doch zu weit. „Aber ich bitte Sie, das können Sie so doch nicht sagen. Wieso verallgemeinern Sie das?"

Jetzt war es an Reischl, sich zu amüsieren. Er ergriff wieder die Initiative: „Dann erzählen Sie mal, was haben Sie denn beobachtet."

Frau Dreist schaute sich die Fremden misstrauisch an und fragte dann: „Wer sind Sie eigentlich?"

Marion und Reischl hatten sich schon gewundert, mit welcher Offenheit die gute Frau ihre Meinung und ihre Beobachtungen offenbart hatte, ohne zu wissen, wen sie eigentlich vor sich hatte.

Reischl zog seinen Ausweis aus der Tasche, hielt ihr den vor die Nase und eröffnete ihr, sie seien von der Polizei. Auf diese Nachricht reagierte sie geschockt und mit kurzer Sprachlosigkeit.

Dann schoss es aus ihr heraus: „Als wenn ich es nicht geahnt hätte! Ich habe es doch gleich gewusst. Aber dieser sture Herr Geiger wollte ja nichts von mir wissen! Er hat mich einfach stehen lassen, dieser unverschämte Kerl!"

Sie war ziemlich aufgebracht. Erst dann kam sie auf die Idee, nachzufragen, was denn passiert sei.

„Nichts, was für Sie von Interesse sein könnte", versuchte Reischl sie zu beruhigen. Aber das beruhigte sie keineswegs. Sie polterte weiter:

"Es war ja nicht zu übersehen, was sich in diesem Haus abgespielt hat. Wie in Sodom und Gomorrha, mehr sage ich nicht."

Das war auch nicht nötig. Alles was die aufgebrachte Nachbarin auf ihrem Horch- und Beobachtungsposten erfahren haben konnte, war der Kripo durch die Aussage von Herbert Luchs ja bereits bekannt.

„So, gute Frau, und jetzt lassen Sie uns mal unsere Arbeit machen." Reischl drehte sich um und ging auf die Haustür der Geigers zu, Marion folgte ihm.

„Wie Sie meinen", giftete die Alte hinter ihnen her.

Walter Geiger war tatsächlich zu Hause und über den Besuch der Kripo sehr überrascht.

„Bitte kommen Sie herein. Allerdings weiß ich nicht, wie ich Ihnen helfen könnte." Er ging voraus in sein Arbeitszimmer. „Bitte, nehmen Sie Platz."

Seine souveräne Haltung, die er bei der Begrüßung gezeigt hatte, litt zusehends unter dem Eindruck, den Reischl mit seinen Fragen auf ihn machte. Ob, wie und wann er von dem Verhältnis seiner Frau zu Martin Seidl erfahren hätte. Wie er darauf reagiert hätte und wo denn seine Frau jetzt sei. Es war ihm offensichtlich höchst unangenehm, gegenüber der Kripo auf diese Fragen seine Ehe betreffend antworten zu sollen. Er versuchte zunächst auszuweichen. Nein, er habe nicht die Absicht, sich dazu zu äußern, das sei schließlich Privatsache und im Übrigen habe er noch zu tun. Deshalb würde er die Herrschaften gerne zur Tür begleiten.

Da kam er bei Reischl gerade an die richtige Adresse: „Herr Geiger, ich glaube, Sie sind sich des Ernstes der Lage nicht bewusst. Wir sind ziemlich gut informiert, dass ihre Frau ein Verhältnis mit

Martin Seidl hatte, den man gestern tot aufgefunden hat."

Reischl machte eine kleine Pause und schaute Geiger genau an.

„An Ihrer Reaktion sehe ich, dass Sie davon bereits wissen. Dann sollten Sie auch darüber informiert sein, dass wir zum jetzigen Zeitpunkt einen Mord nicht ausschließen. Sie tun also gut daran, die Fragen, die wir Ihnen zu stellen haben, wahrheitsgemäß zu beantworten. Wenn Sie nicht kooperativ sind, können wir Sie auch vorläufig festnehmen und im Präsidium verhören."

„Festnehmen? Was erlauben Sie sich? Haben Sie etwa einen Haftbefehl?", regte Geiger sich auf. „Was meinen Sie, was das für meine Stellung hier in Waldskofen bedeuten würde? Unmöglich!"

Reischl beeindruckte das nicht: „Nach allem, was wir wissen, kommen Sie als Täter infrage. Außerdem haben Sie ein ausreichendes Motiv. Und wenn wir dazu noch Fluchtgefahr unterstellen würden, wäre eine vorläufige Festnahme mehr als gerechtfertigt."

Als Geiger den ungebetenen Besuch zur Tür bitten wollte, war er aufgestanden. Jetzt hatte er allerdings das dringende Bedürfnis, sich wieder zu setzen. Der Verdacht war ja ungeheuerlich. Damit hatte er nun wirklich nicht gerechnet. Das musste er so schnell wie möglich hinter sich bringen. Er würde seine Unschuld, wie auch immer, beweisen. Aber aus welchem Grund war er überhaupt in Verdacht geraten? Hatte dieser lausige Privatdetektiv geplaudert? Eigentlich sollte man doch von diesem Berufsstand Diskretion erwarten dürfen. Oder hatte seine Sekretärin, die das ganze Theater ja mitbekommen hatte, den Mund nicht halten können? Sollte sich das bestätigen, würde er sie rausschmeißen. Das nahm er sich vor, ohne daran zu denken, dass ihm als Filialleiter dazu die Kompetenz fehlte. Nur die Personalabteilung konnte derlei Entscheidungen zusammen mit dem Vorstand treffen. In seiner Wut war Geiger nicht bereit, das zu akzeptieren. Sollte sie gequatscht haben, würde er sie keinen Tag länger in seinem Vorzimmer dulden.

„Also fragen Sie", ergab er sich in sein Schicksal.

Reischl wiederholte, was er wissen wollte und Geiger gab Auskunft. Er bestätigte im Wesentlichen die Informationen, die sie von Herbert Luchs erhalten hatten. Aber nein, wo seine Frau jetzt sei, wisse er nicht. Sie habe sich heute nach dem Frühstück verabschiedet und erklärt, sie müsse jetzt ein paar Tage allein sein. Er vermute, dass sie bei ihrer Freundin sei, aber sicher sei das nicht.

Dann kam die Frage aller Fragen: „Wo waren Sie am Donnerstag zwischen zehn und zwölf Uhr?"

Reischl ging davon aus, dass Martin Seidl nach seinem letzten Kundenbesuch, der lt. Aufzeichnungen um 9:45 Uhr in Feldkirchen-

Westerham stattgefunden hatte, auf den Parkplatz gefahren war, um dort Pause zu machen. Hätte Seidl um zwölf Uhr noch gelebt, wäre er zu diesem Zeitpunkt sicher bereits wieder unterwegs zu seinen Kunden gewesen. Also musste der Tod während dieser zwei Stunden eingetreten sein. Das war zwar Spekulation, aber Genaueres würde man wohl erst von der Rechtsmedizin erfahren.

Geiger wurde bei dieser Frage mit einem Schlag klar, dass er seine Sekretärin, die er eben noch verdächtigt hatte und entlassen wollte, zu seiner Entlastung dringend brauchte. Sie musste für sein Alibi sorgen, denn sie allein konnte bestätigen, dass er zu der fraglichen Zeit in seinem Büro war. Bei dem Gedanken, wieviel von ihrer Aussage abhing, wurde ihm ganz heiß. Die Hoffnung, dass auch andere Mitarbeiter seine Anwesenheit hätten bestätigen können, erwies sich nach kurzem Nachdenken als trügerisch. Wie so oft hatte er nämlich den Hintereingang benutzt, um unbemerkt sein Büro erreichen zu können. Das hatte den enormen Vorteil, nicht ständig von Kunden und Mitarbeitern von der Arbeit abgehalten zu werden. Seine Sekretärin hatte ihm den ‚Rücken freizuhalten'.

Marion sah die Schweißperlen auf seiner Stirn und fragte: "Ist Ihnen nicht gut? Was ist mit Ihnen?"

Er schüttelte nur den Kopf und brachte zunächst kaum einen Ton heraus. Dann: „Mir ist ein wenig unwohl. Der Kreislauf. Aber es geht schon wieder."

Marion hatte sich schon bei der Begrüßung gedacht, dass jemand mit dieser Figur kaum ganz gesund sein könne. Für sein Gewicht war er eindeutig zu klein. Da war das eben mit dem Stoffwechsel so eine Sache.

„Also, was ist jetzt? Wo waren Sie?" Reischl wurde ungeduldig. Das passierte dem sonst so ruhigen und ausgeglichenen Hauptkommissar nur, wenn er das Gefühl hatte, auf der richtigen Fährte zu sein.

Geiger nahm sich zusammen und verwies auf seine Sekretärin, die bestätigen könne, dass er zu der fraglichen Zeit im Büro gewesen sei. Aber leider stünde sie jetzt für eine Zeugenaussage nicht zur Verfügung. Nach seinen Informationen hätte sie vorgehabt, mit ihrem Lebensgefährten über das Wochenende nach Wien zu fahren.

„Na gut, dann werden wir sie nach ihrer Rückkehr einvernehmen." Damit gab sich Reischl zufrieden und verabschiedete sich, was Marion wunderte.

Im Auto wollte sie wissen: "Chef, warum gibst Du so schnell auf? Das ist doch unser Mann. Nachdem ich ihn jetzt gesehen und erlebt habe, kann ich mir nicht vorstellen, dass er einen Seitensprung seiner Frau einfach so hinnimmt."

„Mag sein, aber wenn seine Sekretärin ihm ein Alibi geben sollte, wird es schwer, ihm etwas nachzuweisen. Wir können nur hoffen, dass die

KTU uns Hinweise liefert." Reischl klang nicht sehr optimistisch.

Nach einer Weile gab Marion zu bedenken: "Könnte es nicht sein, dass Geiger gar nicht selbst auf dem Parkplatz war und Helfer hatte?"

Reischl schüttelte den Kopf: „Wer würde denn einem eifersüchtigen Gockel, dem seine Figur aus dem Ruder gelaufen ist, bei der Beseitigung eines Widersachers zu Hilfe kommen? Auch wenn ich die Frau nicht kenne, bei dem Kerl verstehe ich sogar, dass sie fremdgeht."

Das nahm Marion mit Vergnügen zur Kenntnis. Endlich einmal ein Mann, der für den Seitensprung einer Frau Verständnis aufbrachte. Auch sie war der Meinung, dieser Typ wäre ein Grund für außereheliches Vergnügen. Aber sie hakte trotzdem nach:

„Es wäre doch denkbar, dass Geiger einen Killer engagiert hat? Mit Geld ist alles möglich!"

Reischl blickte verwundert zur Seite und erklärte diese Idee für absurd: „Ein Killer hier in der Provinz? Marion, Du liest zu viele Krimis."

***

29

Als Reischl und Marion ins Präsidium zurückkamen, warteten einige Überraschungen auf sie. Die ersten Ergebnisse von der Rechtsmedizin und der KTU lagen vor.

Marion, die natürlich längst erfahren hatte, dass ihr Chef nicht gerade ein ausgemachter Freund moderner Kommunikationsmöglichkeiten war, druckte die eingegangenen Informationen aus und legte sie ihrem Chef vor, der sie mit der ihm eigenen Gelassenheit zur Kenntnis nahm.

Zunächst war da die Bestätigung, dass Martin Seidl nicht freiwillig aus dem Leben geschieden war. Das überraschte Reischl weniger, da er gleich von einer unnatürlichen Todesursache ausgegangen war. Bemerkenswert war allerdings die Tatsache, dass Martin Seidl, bevor er sorgfältig in dem Kühlabteil des Lieferwagens verstaut worden war, mit einem stumpfen Gegenstand in Berührung gekommen war. Darauf deutete eine Blessur am Kopf hin, die bei etwas höheren Temperaturen sicher ausgeprägter und leichter zu erkennen gewesen wäre. Als gesichert konnte gelten, dass ihn ein Schlag an den Hinterkopf außer Gefecht gesetzt hatte. Das Tatwerkzeug wurde nicht gefunden, gleichwohl war davon auszugehen, dass es sich um einen Gegenstand aus Holz handelte. Die am Kopf des Toten sichergestellten Holzsplitter ließen keinen anderen Schluss zu. Die Spusi war unmittelbar nach dieser Feststellung beauftragt worden, den besagten Parkplatz nochmals genauesten zu untersuchen und nach einem Gegenstand zu suchen, der als Tatwerkzeug infrage kommen konnte.

„Das ist doch aussichtslos", murmelte Reischl. „Im Wald gibt es hunderte, wenn nicht tausende geeignete Knüppel, die man einem über den Schädel ziehen kann. – Und, hat die Suche etwas gebracht?"

Marion wunderte sich, normalerweise hielt Reischl seine Kommentare bis zum Ende eines solchen Berichts zurück. Heute konnte er wohl nicht anders, er fand diese Ausführungen offensichtlich nicht sehr überzeugend.

Marion erklärte, ein Ergebnis der erneuten Nachforschungen läge noch nicht vor, aber der Parkplatz würde akribisch abgesucht.

„Was ist eigentlich mit dem Handy des Toten? Hat man es gefunden?" Das wurde nämlich in dem Bericht mit keinem Wort erwähnt. Schon eigenartig, meinte Reischl. So ein Verkaufsfahrer hätte doch wohl ein Handy dabei. Im Übrigen ließe sich ein solches Ding doch auch orten.

Nein, wandte Marion ein, die sich mit dieser modernen Technik natürlich besser auskannte als Reischl, der zu Beginn seiner Laufbahn noch Telefone mit Wählscheibe und als Instrument für schnelle Datenübermittlung den Fernschreiber erlebt hatte. Nein, ein Handy könne man nur orten, solange sich der Akku noch im Gerät befände. Hatte also der Täter das Handy an sich genommen und den Akku entfernt, seien alle Nachforschungen vergeblich.

Reischl schnaubte, vielleicht hatten sie es doch mit einem Profi zu tun. Das würde ja wieder für Geiger und einen Auftragskiller sprechen. Aber das konnte und wollte er sich einfach nicht vorstellen.

Aus dem Bericht war noch zu entnehmen, dass etliche Fingerabdrücke sichergestellt wurden. Ansonsten wiesen weder die Leiche noch der Wagen irgendwelche Besonderheiten auf.

„Na prima", bemerkte Reischl sarkastisch, „dann sind wir ja wieder einmal auf uns allein gestellt. Marion, was schlägst Du vor?"

Diese Frage war beileibe kein Zeichen von Hilflosigkeit. Im Gegenteil, Reischl hatte schon eine Idee für den nächsten Schritt, aber er wollte seine Assistentin fordern und einbinden. Außerdem wusste er, dass ihr trotz ihrer relativ geringen Erfahrung stets gescheite Vorschläge einfielen.

„Ich kann mich nur wiederholen. Wenn ich so an die Gespräche in der Firma zurückdenke, kommt mir dieser unangenehme, überhebliche Lüneburg als erster in den Sinn. Ich hatte von Anfang an das Gefühl, dass dieser Typ nicht seriös ist. So, wie der sich uns gegenüber verhalten hat, könnte er etwas mit der Sache zu tun haben. Ich weiß aber nicht, wo es da einen Ansatz geben könnte."

Sie schaute Reischl fragend an, der sich ein Lächeln nicht verkneifen konnte.

„Sag mal Marion, musst Du eigentlich immer meine Gedanken vorwegnehmen? Wenn Du so weitermachst, kannst Du bald meinen Job haben und ich gehe in Pension."

„Nee Chef, Du wirst noch gebraucht. Übrigens macht mir die Arbeit mit Dir viel Spaß. Also bitte nichts ändern!"

Reischl fühlte sich geschmeichelt, seine Laune wurde zusehends besser, auch wenn der aktuelle Stand der Ermittlungen ihn keineswegs zufriedenstellen konnte.

„Marion, lass uns noch einmal überlegen, ob es noch andere Personen im Umfeld von Martin Seidl gibt, die möglicherweise Vorteile aus seinem Tod ziehen könnten. Was ist mit seiner Frau? Was meinst Du?"

„Aber Chef, wie sollte sie ihren Mann umbringen, und warum? Dann müsste er eine riesige Lebensversicherung abgeschlossen und sie als Begünstigte eingetragen haben."

Marion hielt das für ausgeschlossen. „Und außerdem, wie sollte sie ihren Mann in die Kühlkabine wuchten? Da hätte sie ja wohl einen Komplizen gebraucht."

„Ich denke an diesen Verkaufsfahrer, mit dem Martins Frau ein Verhältnis hat. Das hat uns doch Luise Brandner erzählt. Dieser - wie hieß er noch? - Andreas Klausner - könnte ihr geholfen haben. Wir sollten das mit der Versicherung unbedingt überprüfen, aber das geht wohl erst am

Montag. Wir können uns jedenfalls nicht leisten, irgendeine Spur nicht zu verfolgen."

Es schien so, als sei für Reischl jetzt so ziemlich jeder in der Firma 'frost & lecker' verdächtig.

„Chef, hältst Du es wirklich für möglich, dass jemand seinen Kollegen umbringt, um dessen Frau für sich zu haben? Wie war das noch, wenn man zu viele Krimis liest?" Marion schien sehr vergnügt über die Chance, dem Chef eine Retourkutsche zu präsentieren.

Reischl nahm das amüsiert zur Kenntnis und meinte, in ihrem Job müsse man eben auch das Unwahrscheinliche nicht nur denken, sondern auch erwarten.

Dann schaute er auf die Uhr, stellte fest, dass es für einen Samstag schon ziemlich spät sei und er außerdem die Sportschau sehen wolle. Wie immer, wenn der FC Bayern spielte, hegte er die Hoffnung, der gegnerische Verein möge gewinnen. Leider erfüllte sich nach seinem Geschmack diese Hoffnung zu selten. Im Präsidium wusste man, dass er eingefleischter Löwen-Fan war und den FC Bayern für einen Club der ,Großkopferten' hielt. Deshalb vermied man montags geflissentlich das Thema Bundesliga. Der Umgang mit Reischl war ungleich angenehmer, wenn der FC Bayern verloren hatte. Heute spielte der FC Bayern in Dortmund. Und da war nach Reischls Meinung die Aussicht auf ein Erfolgserlebnis deutlich höher als bei anderen Begegnungen.

Da im Fall Martin Seidl offensichtlich im Moment nichts mehr zu tun war - die weiteren Ergebnisse der KTU waren frühestens am nächsten Morgen zu erwarten -, hatte die Sportschau für Reischl eine höhere Priorität als der Aufenthalt im Präsidium.

„Marion, schönen Abend. Bis morgen früh." Reischl stand auf und verließ das Büro.

Für Marion war klar, was das ‚bis morgen früh', von ihrem Chef ausgesprochen, für sie bedeutete. Sie hatte spätestens um ½ 9 Uhr an ihrem Arbeitsplatz zu erscheinen. In besonderen Fällen galt das auch für das Wochenende. Und jetzt war erstens Wochenende und zweitens war ein besonderer Fall aufzuklären.

***

30

Der Pförtner im Präsidium traute seinen Augen nicht. Dass der Hauptkommissar Maximilian Reischl an einem Sonntagmorgen vor 8:00 Uhr auf den Parkplatz fuhr, kam selten vor. Sicher, auch als Pförtner bekam man mit, wenn in einem wichtigen Fall ermittelt wurde. Im Allgemeinen bedeutete dies aber nicht, dass die zuständigen Beamten zu derartigem Übereifer neigten.

Reischl hatte zwei Gründe für sein frühzeitiges Erscheinen. Einerseits wurmte ihn, dass er in der Sache Seidl noch nicht weiter war. Die Tat, die sich inzwischen zweifelsfrei als Mord herausgestellt hatte, war nach allem, was bisher bekannt war, am letzten Donnerstag in den Vormittagsstunden begangen worden. Heute, am Sonntag, hatten sie noch immer keine heiße Spur.

Andererseits hatte er sich über das gestrige Bundesligaspiel maßlos geärgert. Die Dortmunder hatten sich geradezu dilettantisch gegen die Bayern angestellt. Eine völlig unnötige Niederlage, wie er fand. Das hatte ihn so aufgeregt, dass er kaum schlafen konnte.

Nun saß er also an seinem Schreibtisch und hoffte auf einen schnellen Ermittlungserfolg. Gleichwohl, es fehlte ihm die zündende Idee.

Als Marion kurz darauf das Büro betrat, hellte sich seine Miene auf.

„Hallo Chef, ich habe nachgedacht", stieg sie gleich ins Thema ein, „Geiger ist vielleicht doch der Täter. Das Alibi, das ja seine Sekretärin erst noch betätigen muss, ist nicht schlüssig. Selbst wenn er im Büro war, hatte er doch genügend Möglichkeiten, Martin Seidl aus dem Weg zu räumen. Und er hat ein starkes Motiv. Wir sollten ihn und seine Sekretärin so bald wie möglich noch einmal genauer befragen." Marion schien voller Tatendrang.

Reischl überzeugte die von ihr aufgestellte These nicht. Allerdings war sie auch nicht ganz von der Hand zu weisen. „Ich weiß nicht so recht, aber wir werden die Sekretärin befragen und das Alibi genauestens überprüfen."

Gerade als er vorschlagen wollte, dem Chef von ‚frost & lecker', Ludwig Lüneburg, einen sonntäglichen Besuch abzustatten, klingelte das Telefon und die KTU meldete sich. Leider sei es der Spusi trotz aller Bemühungen nicht gelungen, das Tatwerkzeug ausfindig zu machen. Dazu müsse man in einer sehr zeitaufwändigen Aktion mit erheblichem Personalaufwand den Wald in großem Umkreis um den Parkplatz herum absuchen, was zurzeit leider nicht möglich sei.

Man habe aber neben dem Parkplatz unter einem Busch das Handy gefunden, und zwar ohne Akku. Bei der Auswertung hätten die Kollegen äußerst interessante Neuigkeiten herausgefunden, die gerade per Mail übermittelt würden. Und es gäbe auf dem Handy Fingerabdrücke, die nicht von Martin Seidl stammten.

Marion und Reischl waren einigermaßen verwundert, als sie auf Marions PC zunächst ein Video und danach den E-Mail-Verkehr zwischen Martin Seidl und Ludwig Lüneburg zu Gesicht bekamen. Das Video zeigte Lüneburg und einen Unbekannten im Lager der Firma 'frost & lecker' beim Verladen von Tiefkühlware auf einen Lieferwagen mit der Aufschrift ‚RBC'. Auf der nächsten Sequenz war zu sehen, wie der Wagen auf dem Parkplatz der Firma ‚RBC Rosenheimer BIO Catering' parkte und die Ware entladen wurde.

Darauf konnten sich Reischl und Marion zunächst keinen Reim machen, was sich aber änderte, als sie die E-Mails lasen.

Seidl an Lüneburg: "Ich akzeptiere die Versetzung nicht, das lasse ich mir nicht gefallen!"

Lüneburg an Seidl: „Das werden Sie nicht verhindern. Bedanken Sie sich bei Bärbel Winter."

Seidl: "Nur weil diese blöde Kuh enttäuscht ist, soll ich meinen Job verlieren? Niemals!"

Lüneburg: „Die Entscheidung ist gefallen. Ende der Diskussion."

Seidl an Lüneburg: „Das sollten Sie sich noch einmal überlegen. Ich kenne einige Leute, die sich für Ihre ‚geheimen' Geschäfte interessieren würden."

Lüneburg: „Geheime Geschäfte? Ich weiß nicht, was Sie meinen."

Seidl: „Das wissen Sie sehr wohl. Stichwort: Spende für die Tafeln."

Lüneburg: „Was soll damit sein?"

Seidl: „Tun Sie nicht so scheinheilig. Was bekommen Sie für die Ware?"

Lüneburg: „Für welche Ware?""

Seidl: „Die Geschäftsleitung würde sicher gerne wissen, was mit der Ware geschehen ist, die für die Tafel bestimmt war. Vielleicht interessiert sich auch die Polizei dafür."

Lüneburg: „Verbreiten Sie keinen Unsinn. Die Tafel bekommt regelmäßig ihre Spende."

Seidl: „Ja, aber nur einen kleinen Teil. Den größten Teil unterschlagen Sie."

Lüneburg: „Das ist eine Lüge."

Seidl: „Na gut, dann schauen Sie sich mal das Video an, das ich Ihnen jetzt schicken werde. Bin gespannt, wie Sie dann darüber denken werden."

Kurze Zeit später - in der Zwischenzeit hatte Seidl offensichtlich das Video an Lüneburg geschickt - Lüneburg an Seidl: „Was soll das, spionieren Sie mir nach? Was gehen Sie meine Privatangelegenheiten an?"

Seidl: „Dass Sie Ware unterschlagen, die für einen guten Zweck vorgesehen ist, bezeichnen Sie als Privatangelegenheit? Das wird die Polizei anders sehen."

Lüneburg: „Wie wollen Sie das beweisen?"

Seidl: „Das Video beweist es."

Lüneburg: „Ich warne Sie, wenn Sie das öffentlich machen, können Sie was erleben!"

Seidl: „Sparen Sie sich die Drohung, ich habe Sie in der Hand."

Lüneburg: „Also gut, was wollen Sie?"

Seidl: „Ich behalte meinen Job mit verbesserten Konditionen. Was halten Sie von doppelter Provision?"

Lüneburg an Seidl: „Das geht nicht, und das wissen Sie genau. Die Vergütungen werden von der Zentrale festgelegt. Da kann ich überhaupt nichts machen."

Seidl: „Na gut, dann bekomme ich von Ihnen 20.000 Euro in bar und in Zukunft ein Drittel aus den Erlösen, die Sie mit Ihren Schwarz-

verkäufen erzielen. Wir wären doch zu dritt, oder?
Ich nehme an, der Typ von ‚RBC' ist beteiligt?"

Lüneburg: „ Sind Sie völlig übergeschnappt,
wie soll das gehen?"

Seidl: „Das ist Ihr Problem."

Reischl war kurze Zeit sprachlos. Er schaute
Marion an, die sehr schnell realisiert hatte, dass
diese Informationen sie in ihren Ermittlungen
weiterbringen könnten. Allerdings tauchten neue
Fragen auf, auf die es noch keine Antworten gab.

Da war u.a. der Hinweis von Lüneburg,
Seidl möge sich wegen der geplanten Versetzung
bei Bärbel Winter bedanken. Reischl erinnerte sich
daran, dass Seidl nicht nur mit der Kundin Geiger
ein Verhältnis hatte. Luise Brandner hatte sie ja
auch über Seidls Affäre mit Bärbel Winter
informiert. Es war nun gut möglich, dass Bärbel
Winter auch etwas über Seidls Verhältnis mit der
Kundin erfahren hatte und bei Lüneburg, der ja von
ihr abhängig war, auf die Versetzung gedrängt
hatte. Aber gab es da einen Zusammenhang. mit
dem Mord? Schwer vorstellbar.

***

31

Die per Mail von der KTU übermittelten interessanten Neuigkeiten veranlassten Reischl, seine Meinung zu ändern. Vor einem Gespräch mit Lüneburg hielt er nun einen Besuch bei Bärbel Winter für vorrangig.

„Haben wir die Privatanschrift von Bärbel Winter?", wollte er von Marion wissen.

„Aber Chef, wir haben doch wie immer die Personalien aller möglicherweise in den Fall verwickelten Personen aufgenommen. Also auch von Frau Winter." Marion wunderte sich über ihren Chef, war er mit seinen Gedanken nicht bei der Sache?

Ganz im Gegenteil, Reischl spürte, dass sie der Lösung näher gekommen waren. In seinem Gedanken spielten sich die unterschiedlichsten Konstellationen von Tätern und Mittätern ab. Da war für so unwichtige Details wie eine Adresse kein Raum.

„Also los, vielleicht haben wir ja Glück und treffen Frau Winter zu Hause an. Und wo wohnt die?" Reischl war jetzt voller Tatendrang.

Marion war sich gar nicht sicher, dass Bärbel Winter jetzt, am Sonntagvormittag daheim sein würde. Sie gab ihren Bedenken Ausdruck:

„Sie wohnt in Breitbrunn am Chiemsee. Willst Du da jetzt wirklich hin?"

„Ja natürlich, warum nicht? Ein Ausflug an den Chiemsee kann doch ganz schön sein. Außerdem scheint die Sonne."

Die Laune Reischls hatte sich deutlich gebessert. Der Sieg der Bayern gegen Dortmund war schon fast vergessen.

„Chef, ich erinnere daran, dass Breitbrunn nicht viel mehr als 1.500 Einwohner hat. Da kennt so ziemlich jeder jeden. Am Sonntag geht man in die Kirche. Und wer nicht geht, fällt unangenehm auf. Ich bin skeptisch, ob wir Bärbel Winter antreffen."

Marion hoffte, ihn von diesem Ausflug abhalten zu können, auch wenn es von Rosenheim nach Breitbrunn nur knapp 30 Kilometer waren. Man konnte Frau Winter doch mit viel geringerem Aufwand am Montag in der Firma befragen.

„Ach was, wir fahren da jetzt hin. Wenn wir sie nicht in ihrer Wohnung antreffen, sitzt sie nach der Kirche sicher im Wirtshaus. Das ist schließlich in Bayern so üblich." Reischl war sich seiner Sache sicher.

„Übrigens", fügte er hinzu, „direkt neben der Kirche gibt es das ,Gasthaus zur Post' mit einem sehr netten Biergarten."

Da gab es natürlich keine Einwände mehr. Sie machten sich auf den Weg.

So unangenehm der Anlass für diesen Ausflug auch war, Reischl freute sich auf Breitbrunn. Für diese wundervolle Gemeinde, integriert in die einzigartige Seenlandschaft vor den Chiemgauer Alpen, umgeben von saftigen Wiesen und Wäldern, schwärmte er schon immer. Allzugern wäre er schon vor Jahren hierher gezogen, als ihm von einem guten Freund eine auf den modernsten Stand gebrachte Wohnung in einem alten Bauernhaus angeboten wurde. Leider war seine Frau Theresa nicht von einem Wohnsitzwechsel zu überzeugen. Sie war in Rosenheim aufgewachsen und wollte auf keinen Fall auf die städtische Atmosphäre verzichten. Nach ihrer Weigerung hing der Haussegen lange Zeit schief, auch weil Reischl die Vorzüge Rosenheims in Frage gestellt hatte. Mit seiner Bemerkung, Rosenheim sei ja mit seinen 60.000 Einwohnern auch nicht gerade der Mittelpunkt der Welt, hatte er sie tief getroffen. Wo sie doch so stolz auf ihre Herkunft war. Egal, das Projekt Breitbrunn wurde begraben. Die Stimmung im Haus Reischl war am Tiefpunkt angelangt und verbesserte sich nur sehr langsam wieder.

Als Marion und Reischl das Haus, in dem Bärbel Winter wohnte, erreicht hatten, ärgerte sich Reischl erneut über die ungenutzte Chance. Der Anblick dieses wunderschönen, im oberbayrischen Stil erbauten Kleinods machte ihn neidisch.

Bei ihrer Ankunft trafen sie Bärbel Winter im Vorgarten an, wo sie damit beschäftigt war, einen farbenfrohen Blumenstrauß zu pflücken. Die üppige Bepflanzung bot dazu eine reichliche Auswahl.

„Grüß Gott, Frau Winter!", Reischl war immer noch vom Anblick dieses Idylls fasziniert.

Bärbel Winter war ziemlich überrascht. „Sie hier? Was führt Sie denn nach Breitbrunn?"

„Entschuldigen Sie die Störung, aber wir haben noch ein paar Fragen an Sie." Reischl bemühte sich um einen dienstlichen Ton.

Bärbel Winter zeigte wenig Verständnis für diesen überraschenden sonntäglichen Besuch. Ob denn die Fragen nicht bis Montag Zeit gehabt hätten, wollte sie wissen. Nein, die Angelegenheit dulde keinerlei Aufschub, man ermittle schließlich in einem Mordfall.

„Mord? Wollen Sie damit sagen, dass Martin ermordet wurde?" Sie machte einen erschrockenen Eindruck. Reischl hatte allerdings das Gefühl, dass ihre Überraschung gespielt war.

„Nein, Frau Winter, Herr Seidl wird sich aus eigenem Antrieb in die Kühlkabine gesetzt haben."

Den ironischen Unterton nahm sie sehr wohl wahr. Deshalb hielt sie es für besser, die Herrschaften heraufzubitten und so gut es ging Auskunft zu geben.

Sie wohnte in der ersten Etage mit einem traumhaften Blick zur Fraueninsel mit ihrem berühmten Wahrzeichen, dem achteckigen Münsterturm mit seiner Zwiebelhaube, hinüber bis zu den Chiemgauer Alpen. Die Wohnung war ein Schmuckstück. Der Wohn-Essbereich war im alpenländischen Stil eingerichtet, ergänzt durch erlesene Designermöbel, wie etwa einem Lounge

Chair von Charles Eames oder einer Liege von Le Corbusier.

„Das ist aber sehr schön hier", beeilte sich Reischl zu sagen, obwohl er sich in der Welt der Designer nicht sehr gut auskannte. Gleichwohl wusste er guten Geschmack zu schätzen.

„Wohnen Sie allein hier?", wollte Marion wissen.

Bärbel Winter zögerte mit der Antwort. Es war ihr unangenehm, einzuräumen, dass sie hier mit ihrem Freund wohnte. Da sich ja offensichtlich in der Firma herumgesprochen hatte, dass sie mit Martin Seidl ein Verhältnis gehabt hatte, war ein Freund, mit dem sie auch noch zusammen wohnte, ihrem Ruf sicher nicht förderlich. Andererseits war auch nicht zu übersehen, dass die überaus elegante und teure Wohnungseinrichtung kaum zu ihrem Gehalt passte, das sie als Sekretärin bezog. Deshalb entschloss sie sich zur Flucht nach vorne.

Nein, sie wohne hier mit ihrem Freund. Sie allein könne sich diesen luxuriösen Rahmen natürlich nicht leisten. Aber ihr Freund habe einen lukrativen Job als Exportleiter. Leider sei er beruflich oft für längere Zeit im Ausland.

Aha, dachte sich Reischl, jetzt macht auch das Verhältnis mit Martin Seidl wieder Sinn.

Was sie denn anbieten könne, wollte Bärbel Winter wissen. Kaffee? Ja gerne. Und dann saßen sie sich am großen Esstisch gegenüber.

„Was wollen Sie denn wissen?", wurde Reischl auffordert, seine Fragen zu stellen.

Ob ihr denn seit dem letzten Gespräch, das sie vor zwei Tagen in der Firma geführt hätten, noch etwas Wissenswertes im Zusammenhang mit Martin Seidl eingefallen sei. Reischl war sich allerdings ziemlich sicher, dass das nicht der Fall sein würde. Bestimmt hatte sie nicht die Absicht, freiwillig mehr zu erzählen, als unbedingt nötig.

„Nein, ich habe Ihnen bereits alles gesagt", sie wirkte sehr sicher.

„Na, dann will ich mal etwas nachhelfen", bohrte Reisch nach, „hatten Sie mit Martin Seidl in letzter Zeit Streit?"

„Ich Streit mit Martin? Nein, wie kommen Sie denn darauf?"

„Haben Sie vielleicht etwas mit seiner geplanten Versetzung zu tun?", schob er nach.

Sie überlegte kurz. Sollte doch jemand mitbekommen haben, wie Sie Martin lautstark Konsequenzen angedroht hatte? Oder hatte Lüneburg, dieser Depp, geplaudert?

„Ach, das meinen Sie? Das war doch eine belanglose Unterhaltung." Sie versuchte, den Vorgang herunterzuspielen. „Ja, wir hatten eine Meinungsverschiedenheit, aber das hat doch mit seinem Tod nichts zu tun."

Reischl neigte dazu, ihr zu glauben. Dass sie für den Tod Seidls verantwortlich sein sollte, hielt er für unwahrscheinlich. Deshalb wechselte er das Thema.

„Frau Winter, erzählen Sie uns über die Spenden der Firma 'frost & lecker' an die Tafel in Rosenheim."

Sie überlegte kurz, dann: „Ich weiß zwar nicht, was das mit Ihren Ermittlungen zu tun haben soll, aber gut. Der Vorstand hat vor drei Jahren entschieden, dass Ware kurz vor Ablauf des Mindesthaltbarkeitsdatums an die örtlichen Tafeln abgegeben wird. Die Ware ist dann immer noch einwandfrei, soll jedoch nicht mehr verkauft werden. Diese Maßnahme hat man damals mit großem Werbeaufwand bundesweit angekündigt und dadurch einen sehr positiven Effekt in der Öffentlichkeit erzielt. Die für jede Niederlassung auf maximal 3% des Umsatzes begrenzte Aktion wurde durch den signifikanten Umsatzanstieg mehr als ausgeglichen."

Und nach einer kurzen Pause, in der sie Kaffee nachschenkte:

„Ich sehe wirklich keinen Zusammenhang zwischen Ihren Ermittlungen und dieser Aktion für einen guten Zweck."

„Ich auch nicht", meinte Reischl trocken und sagte damit allerdings nicht ganz die Wahrheit. Er war jetzt der Meinung, genug erfahren zu haben und leitete den Rückzug ein.

Sie bedankten sich herzlich, wo doch Frau Winter sogar am Sonntag so bereitwillig auf ihre Fragen geantwortet hatte und verabschiedeten sich. Zurück blieb eine etwas irritierte Bärbel Winter.

Wenn sie nun schon einmal in Breitbrunn waren, konnten sie doch auch den Biergarten im ‚Gasthof zur Post' aufsuchen und sich eine zünftige Brotzeit gönnen. Das meinte Reischl und erwartete von Marion keinen Widerspruch. An einem Sonntag mit so herrlichem Wetter arbeiten zu müssen, war schon schlimm genug. Da war ja wohl gegen die Einkehr bei der ‚Post' nichts einzuwenden.

Der Biergarten war sehr gut besucht, kein Wunder, denn der Gottesdienst war kurz vorher zu Ende gegangen, wofür das laute eindrucksvolle Glockengeläut ein untrügliches Zeichen war.

Sie fanden gerade noch einen freien Tisch unter einem der großen Sonnenschirme. Am Stammtisch - eindeutig an dem großen Holzschild in der Mitte des Tisches zu erkennen - hatten sich offensichtlich die Honoratioren der Gemeinde eingefunden. Am Verhalten anderer Gäste war zu erkennen, dass den ‚Großkopferten' besonderer Respekt erwiesen wurde. „Grüß Gott, Herr Bürgermeister, habe die Ehre", war eine von den Grußformeln, die des Öfteren zu hören waren.

Auch wenn es Reischl nach einer frischen Maß Bier gelüstete, er begnügte sich mit einem alkoholfreien Weißbier von der Brauerei Flötzinger. Schließlich war er noch im Dienst. Marion tat es ihm gleich. Dazu bestellten sie sich einen warmen Leberkäs mit frischen Brezn.

Nach dem ersten erfrischenden Schluck wurde Reischl wieder dienstlich. „Und, Marion, was meinst Du? Hat sie uns alles gesagt?"

Marion dachte kurz nach, nahm einen zweiten Schluck, und erklärte dann, sie sei sich nicht sicher. „Die Frau ist schwer durchschaubar. Aber einen Mord traue ich ihr irgendwie nicht zu."

„Das sehe ich auch so", meinte Reischl, „bleibt also als Verdächtiger Lüneburg, der, sofern Martin ihm die Unterschlagung der Spenden nachgewiesen hat, über ein lupenreines Motiv verfügt. Ob es sich wirklich um Unterschlagung handelt, muss ihm allerdings erst nachgewiesen werden."

Dann fügte er hinzu: „Wir sollten aber nicht den Fehler machen, die anderen Verdächtigen bei unseren Nachforschungen zu vergessen. Es gibt schließlich noch den Herrn Geiger, der als betrogener Ehemann auch einen triftigen Grund hätte, Martin Seidl zu beseitigen. Und da ist noch der Kollege Andreas Klausner, dessen Interesse an Katharina Seidl durch eine nennenswerte Lebensversicherung möglicherweise besonders ausgeprägt gewesen sein könnte."

„Und was wollen wir jetzt als Nächstes tun?" Marions Lust auf weitere Aktivitäten am Sonntag hielt sich in Grenzen.

„Nichts", beruhigte Reischl sie. „Wir werden morgen klären, ob zu Gunsten von Frau Seidl eine Lebensversicherung abgeschlossen wurde. Außerdem überprüfen wir das Alibi von

Geiger. Die Sekretärin wird ja morgen von ihrem Ausflug nach Wien wieder zurück sein."

„Und Lüneburg willst Du ungeschoren lassen?"

Reischl schaute sie verschmitzt an: „Nein Marion, ganz im Gegenteil. Aber wir sollten etwas mehr über die krummen Geschäfte wissen, die da gelaufen sind. Das ist allerdings Sache des Betrugsdezernats. Auch würde mich interessieren, welche Rolle die Firma ‚RBC' dabei gespielt hat. Ich gehe davon aus, dass der Anfangsverdacht reicht, um einen Durchsuchungsbeschluss für die Privaträume von Lüneburg zu bekommen. Der wird ja wohl kaum Beweismittel in seinem Büro bei ‚frost & lecker' aufbewahren. Wenn überhaupt, wird man bei ihm privat etwas finden."

Mit dieser Absichtserklärung gab sich Marion zufrieden. Sie war sich ziemlich sicher, dass Lüneburg ganz tief in der Sache drinsteckte.

Dann gönnten sie sich noch einen Espresso und traten die Rückfahrt an.

***

32

Der Montagvormittag brachte nicht so schnell Klarheit, wie erwartet. Marion, die von Reischl den Auftrag erhalten hatte, das Alibi von Walter Geiger zu überprüfen, hatte sich gleich auf den Weg zur Sparkasse in Waldskofen gemacht, um die Sekretärin von Geiger zu befragen. Die, so erfuhr Marion, hätte sich gemeldet und erklärt, sie käme wegen einer Autopanne erst einen Tag später, also am Dienstag, zurück. Marion musste deshalb unverrichteter Dinge wieder nach Rosenheim ins Präsidium zurückfahren.

Dort wartete Reischl mit der Information auf sie, Martin Seidl hätte tatsächlich eine Lebensversicherung abgeschlossen, bei der seine Ehefrau Katharina als Begünstigte eingetragen sei. Ob aber die Versicherungssumme von 100.000 Euro ein ausreichendes Motiv für einen Mord sei, da hätte er, Reischl, doch gewisse Zweifel.

„Aber wir müssen doch dieser Spur nachgehen. Ich finde schon, dass 100.000 Euro und dazu die Chance auf eine Zukunft mit der Geliebten, ein nicht zu unterschätzendes Motiv sind", gab Marion zu bedenken.

„Vielleicht hast Du ja Recht. Es wurden schon für geringere Beträge Leute umgebracht. Aber sowohl bei Geiger als auch bei dem Pärchen Katharina Seidl und Andres Klausner fehlen uns konkrete Anhaltspunkte. Wir werden zunächst Lüneburg durchleuchten. Und wenn uns das nicht weiterbringt, nehmen wir von allen infrage kommenden Personen Fingerabdrücke und DNA-Proben. Ich bin sicher, der Abgleich mit den am Tatort sichergestellten Daten wird uns einen oder mehrere Verdächtige liefern." Das klang nach einem Plan, den Reischl entschlossen war, Schritt für Schritt umzusetzen.

Während Marion auf dem Weg nach Waldskofen war, hatte Reischl die Staatsanwältin Andrea Zimmermann aufgesucht und sie über den Stand der Ermittlungen unterrichtet. Sie hielt den E-Mail-Verkehr zwischen Martin Seidl und seinem Chef nebst zugehörigem Video für außerordentlich aufschlussreich und sah darin einen ausreichenden Grund eine Hausdurchsuchung bei Lüneburg anzuordnen. Sollte sich nämlich der Verdacht der kriminellen Geschäfte bestätigen und Seidl dafür die Beweise in der Hand gehabt haben, hätte Lüneburg ein handfestes Motiv. Bei einer Durchsuchung würde man mit großer Wahrscheinlichkeit auch erfahren, wer noch von den Geschäften partizipierte. Denn die Verschiebung von TK-Ware im großen Stil war sicher nicht von einer einzelnen Person zu bewerkstelligen.

Nun darf die Staatsanwaltschaft lediglich bei ‚Gefahr im Verzug' eine Hausdurchsuchung anordnen. Dieser Umstand sei im vorliegenden Fall nicht zwingend gegeben, erläuterte Andrea Zimmermann. Aber ihr besonders guter Draht zum zuständigen Richter könne da vielleicht von Vorteil sein.

Und tatsächlich, noch am Montag in den frühen Nachmittagsstunden rückten Beamte aus, um das Haus von Ludwig Lüneburg auf den Kopf zu stellen.

Seine Frau fiel aus allen Wolken, als man ihr den Durchsuchungsbefehl unter die Nase hielt. Das ginge schließlich nicht, ihr Mann sei nicht zu Hause und selbst sie hätte zu seinem Büro keinen Zugang. Den Schlüssel hätte er immer bei sich.

Der Einsatzleiter klärte sie darüber auf, dass die Anwesenheit des Wohnungsinhabers keineswegs erforderlich sei. Und was den fehlenden Schlüssel betreffe, eine verschlossene Tür sei noch nie ein Problem gewesen. Ohne weiter auf die Proteste von Frau Lüneburg einzugehen, nahm man sich zunächst das Büro von Lüneburg vor. Die Tür war mit wenigen Handgriffen geöffnet und es dauerte nicht lange, bis man fündig geworden war. Zwei Ordner fanden das besondere Interesse der Beamten. Der eine mit der Aufschrift ‚Firma Zürich', der andere mit dem Hinweis ‚RBC'. Da der Durchsuchung kein Staatsanwalt bewohnte, war das Sichten der Unterlagen nicht möglich, weil nicht zulässig. Demzufolge kamen die Ordner, alle verfügbaren Kontoauszüge und der auf dem Schreibtisch befindliche Laptop zum Zweck des Abtransports in eine versiegelte Box. Frau Lüneburg erhielt selbstverständlich eine Quittung für die beschlagnahmten Unterlagen und musste sprachlos mit ansehen, wie die Beamten bereits nach kurzer Zeit, ohne die weiteren Räume zu durchsuchen, das Haus wieder verließen. Sie gaben sich offensichtlich mit dem, was sie gefunden hatten, zufrieden.

Die Aktion hatte Frau Lüneburg so aus der Fassung gebracht, dass sie es versäumt hatte, ihren Mann unverzüglich in der Firma anzurufen und über den ‚Überfall' zu informieren. Das holte sie jetzt nach, womit sie ihrem Mann offensichtlich einen Schock versetzte. Er war sprachlos, was sie bei ihm noch nicht erlebt hatte. Immer wusste er mit einem Kommentar aufzuwarten, auch wenn er weder gefragt war, noch von dem jeweiligen Vorgang eine Ahnung hatte. Ihren Mann als vorlaut zu bezeichnen, hätte sie als maßlos untertrieben bezeichnet.

Nachdem er die Nachricht von der Hausdurchsuchung erhalten hatte, war Lüneburg außerstande, einen vernünftigen Gedanken zu fassen. Erst langsam wurde ihm bewusst, was da passiert war. Aber was konnte man ihm schon beweisen, überlegte er. Eigentlich doch nichts. Vielleicht würde es eine Auseinandersetzung mit dem Finanzamt geben. Aber das war es dann auch schon. Und Steuerhinterziehung war ja in Bayern bis zu einer gewissen Größenordnung ein Kavaliersdelikt. Er beruhigte sich also wieder und rief seine Frau zurück. Sie müsse sich keine Gedanken machen, die ganze Aktion sei wohl durch übereifrige Beamten ausgelöst worden und würde sich schon bald als harmlos herausstellen.

Reischl und Marion hatten natürlich nicht ernsthaft darauf gehofft, noch am selben Tag Ergebnisse von der Durchsuchungsaktion zu erhalten. Sie mussten sich also bis zum nächsten Tag gedulden. So war es nicht verwunderlich, dass sie sich nach dem langen Wochenende heute, am Montag, über einen frühen Feierabend freuen konnten. Allerdings in dem Bewusstsein, dass der nächste Tag wohl mit einigen Überraschungen und neuen Erkenntnissen aufwarten würde. Und genauso kam es.

***

33

Die Auswertung der Unterlagen, die am Vortag bei Lüneburg sichergestellt worden waren, gab zweifelsfrei Aufschluss über die illegalen Geschäfte, die Lüneburg seit mehreren Jahren zu einem ansehnlichen Zusatzeinkommen verholfen hatten. Die für die Tafeln bestimmte Tiefkühlkost wurde nur zu einem kleinen Teil dem von der Geschäftsleitung bestimmten Zweck zugeführt, d.h. die Tafeln in Rosenheim und Kolbermoor wurden nach Strich und Faden betrogen. Die unterschlagenen Lieferungen landeten nämlich bei der Firma ‚RBC Rosenheimer BIO Catering‘, die die Ware normal verarbeitete. Der Kaufpreis für diese Lieferungen ging jedoch nicht an ‚frost & lecker‘, sondern an eine Firma ‚Food Transfer‘ in Zürich, die entsprechende Rechnungen an die Firma ‚RBC‘ in Rosenheim gestellt hatte. Mit diesen fingierten

Rechnungen wurde in der Buchhaltung von ‚RBC'
ein Wareneinsatz vorgetäuscht, der tatsächlich
nicht entstanden war.

All das wäre vielleicht nicht sofort
aufgefallen, wenn Lüneburg die Rechnungen nicht
selbst geschrieben und in dem der Kripo
vorliegenden Ordner ‚Firma Zürich' abgelegt hätte.
Zudem hatte er es auch noch versäumt, die
entsprechenden Dateien auf seinem Laptop zu
löschen.

Nun fehlte nur noch der Nachweis über
den Verbleib des Geldes, das ‚RBC' offensichtlich an
die in Zürich ansässige Firma, die auch offizieller
Absender der Rechnungen war, überwiesen hatte.
Hierüber gaben die ebenfalls beschlagnahmten
Kontoauszüge Auskunft, die Lüneburg in seinem
Schreibtisch aufbewahrt hatte. Anhand dieser
Kontoauszüge war es den Ermittlern auch möglich,
die Beteiligung Günters nachzuweisen, denn neben
Barabhebungen gab es regelmäßig Überweisungen
in gleicher Höhe auf ein Konto bei der Raiffeisen-
Landesbank Tirol, Innsbruck, das auf den Namen
Severin Günter lautete.

Der Firmensitz von ‚Food Transfer' war
identisch mit der Anschrift eines einschlägigen
Notariats in Zürich. Es deutete also alles darauf hin,
dass es sich hier lediglich um eine Briefkastenfirma
handelte. Zürich als Firmensitz zu wählen, war wohl
aus verschiedenen Gründen sinnvoll. Besonders
die Tatsache, dass im Kanton Zürich Firmen, die
ihren Hauptumsatz im Ausland tätigen, nur 8%

Ertragssteuern abführen müssen, hatte wohl für diese Wahl gesprochen.

Das alles war natürlich von großem Interesse für die Kollegen vom Betrugsdezernat, die die gewonnenen Erkenntnisse zum Anlass nahmen, Lüneburg kurze Zeit später in seinem Büro aufzusuchen und ihn unmissverständlich baten, ihnen aufs Präsidium zu folgen. Da war jeglicher Protest vergeblich. Letztlich fügte sich Lüneburg, folgte den Herren laut schimpfend und leistete sich dabei auch die eine oder andere Beamtenbeleidigung.

War hinter diesen dubiosen Geschäften Lüneburgs auch die Erklärung für den Mord an Martin Seidl zu suchen? Reischl nahm sich jedenfalls vor, Lüneburg ein paar unangenehme Fragen zu stellen. Der E-Mail-Verkehr zwischen Lüneburg und Seidl bekam vor dem Hintergrund dieser dubiosen Geschäfte aus seiner Sicht eine noch größere Bedeutung.

Marion hatte inzwischen Informationen über ‚RBC' gesammelt. Es handelte sich um ein Catering-Unternehmen, das sich rühmte, seine Kunden ausschließlich mit BIO-Produkten zu beliefern. Der Name ‚Rosenheimer BIO Catering' war insofern Etikettenschwindel, als ja viele der eingekauften Lebensmittel von 'frost & lecker' kamen und mitnichten ausnahmslos BIO-Produkte waren. Zwischen 'frost & lecker' und ‚RBC' bestanden seit Jahren enge Geschäftsbeziehungen, die dem Umstand geschuldet waren, dass der Niederlassungsleiter Ludwig Lüneburg und der Geschäftsführer von ‚RBC‘, ein gewisser Severin Günter, allerbeste Freunde waren. Kennengelernt hatten sie sich auf der Landwirtschaftsschule Landshut, wo sie sich u.a. leidliche Kenntnisse in Betriebswirtschaft angeeignet hatten. Eine weitere Gemeinsamkeit bestand darin, dass sie es beide nicht bis zum Examen geschafft hatten. Dazu hätten sie das Studium etwas ernsthafter angehen müssen. Stattdessen hielten sie es jedoch für vorteilhafter, die Landshuter Partyszene mit ihrer Anwesenheit zu bereichern. Der gemeinsame wenig erfolgreiche Werdegang festigte ihre Freundschaft, die sich später bei ihren beruflichen Aktivitäten allerdings noch als sehr vorteilhaft erweisen sollte.

Marions Recherchen bestätigten, dass die Firma ‚RBC‘ mit dem Geschäftsführer Severin Günter nicht besonders ertragreich agierte. Trotz einer umfangreichen Kundenliste mit diversen Firmen und Altenheimen wollte sich der vom Inhaber erwartete Erfolg nicht so recht einstellen. Sicher lag das unter anderem auch daran, dass Severin Günter wenig Ahnung von dem Geschäft hatte und sich deshalb auf seine Angestellten verlassen musste, die jedoch wegen seiner arroganten Art und seines überaus autoritären Führungsstils nur bedingt motiviert waren. Auch hier gab es wieder eine verblüffende Parallele zur beruflichen Aktivität von Ludwig Lüneburg, seinem Freund.

***

34

Reischl nahm mit Genugtuung Kenntnis von der vorläufigen Festnahme Lüneburgs. Auch wenn er sich absolut sicher war, dass Lüneburg in den Fall verwickelt war, so hatte er doch Zweifel, ob man ihm den Mord an Martin Seidl würde nachweisen können. Die illegalen Geschäfte mit der Tiefkühlkost ja, aber das war es nicht, was ihn vordergründig interessierte.

Wenn nun Lüneburg von Seidl tatsächlich erpresst wurde, was man ja aufgrund der bisher vorliegenden Beweismittel annehmen konnte, musste dann nicht auch Severin Günter daran gelegen sein, dass der Deal zwischen ihm und Lüneburg nicht aufflog? Die Beteiligung Günters an den Unterschlagungen lag auf der Hand. Die Ware kam aus Rosenheim, die Rechnungen von einer in der Schweiz ansässigen Firma und das Geld floss auf ein Schweizer Konto. Da würde Günter doch schwerlich behaupten können, dieses Geschäft sei legal und er habe keine Ahnung von irgendwelchen Unregelmäßigkeiten. Würden diese krummen Geschäfte aufgedeckt, ließe sich seine Beteiligung daran doch kaum leugnen. Und wäre das nicht auch ein Grund, am Verschwinden Seidls ein gewisses Interesse zu haben?

„Marion, wir besuchen jetzt die Firma ‚RBC', ich möchte mich mit dem Geschäftsführer, Herrn Severin Günter, unterhalten."

Reischl hatte plötzlich die Idee, Günter genau in der Zeit zu befragen, in der dessen Geschäftspartner und Freund von den Kollegen des Betrugsdezernats verhört wurde. Es war wohl davon auszugehen, dass Severin Günter ziemlich ahnungslos war und deshalb kaum mit Lüneburg Absprachen bezüglich ihres Verhaltens gegenüber der Kripo getroffen hatte.

Marion schien nicht sehr überrascht von dem Vorhaben ihres Chefs. Genau genommen hatte sie nichts anderes erwartet. Auch sie war der festen Überzeugung, dass Ludwig Lüneburg der Hauptverdächtige war und es mit ziemlicher Wahrscheinlichkeit einen Mittäter gab. Also warum nicht Günter? Das Motiv passte, ein Alibi fehlte jedoch noch. Und das galt ebenso für Lüneburg.

Als Reischl und Marion auf den Parkplatz der Firma ‚RBC' fuhren, erblickten sie auf dem Stellplatz, der mit einem überdimensionierten Schild ‚Geschäftsleitung' markiert war, einen weißen Toyota Land Cruiser. Hatte nicht der Rentner mit dem Rhodesian Ridgeback von einem weißen Toyota Kombi berichtet, der neben dem Lieferwagen von Martin Seidl auf dem Parkplatz in

Waldskofen gestanden hatte? Sollte es tatsächlich einen Zusammenhang mit dem hier abgestellten Fahrzeug der Geschäftsleitung von ‚RBC' geben? Reischl war sich ziemlich sicher, dass sie der Klärung des Falls sehr nahe waren. In seiner langen Laufbahn als Kriminalbeamter hatte er sich nämlich abgewöhnt, an Zufälle zu glauben. Er war gespannt, was dieser Herr Günter ihnen zu sagen hatte.

Die Dame am Empfang bedeutete dem Besuch, der Chef sei nicht zu sprechen. Er habe wichtige Telefonate zu führen. Dabei würdigte sie die Besucher keines Blickes. Sie starrte auf ihren Bildschirm und vermittelte den Eindruck, als sei für sie die Angelegenheit damit erledigt.

„Sagen Sie ihrem Chef, wenn er nicht augenblicklich für ein Gespräch zur Verfügung steht, wird er längere Zeit nicht mehr telefonieren können. Wir meinen es ernst." Mit diesen Worten legte Reischl seinen Dienstausweis auf die Empfangstheke.

Ein kurzer Blick auf den Ausweis, dann verschwand sie hinter der nächsten Tür. Nur wenige Augenblicke später tauchte sie wieder auf und erklärte schnippisch: „Herr Günter erwartet Sie. Aber er hat wenig Zeit!"

„Das sagten Sie bereits, aber gehen Sie mal davon aus, dass wir entscheiden, wie lange das Gespräch dauert", kam genauso schnippisch von Marion zurück.

Reischl amüsierte sich, so erlebte er seine Assistentin selten. Aber dieser Empfangsdrachen hatte eine derartige Reaktion provoziert. Wie konnte man nur als Verantwortlicher eines Unternehmens auf die Idee kommen, eine solche Zicke an den Empfang zu setzen? Die reinste Kundenabwehr! Bereits ihr Äußeres erinnerte an längst vergangene Zeiten, in denen häufig unüberwindbare Vorzimmerdamen ein strenges Regiment führten und den Zugang zu ihrem Chef wie ein Kettenhund verteidigten. Langer, enger Rock, bis zum Hals hochgeschlossene Bluse und die Haare zu einem Dutt gebunden. Mit der an einer langen Kette um den Hals gehängten Brille wirkte sie wie eine Studienrätin aus den fünfziger Jahren des vorigen Jahrhunderts.

Ohne weiter auf die Bemerkung Marions einzugehen, öffnete sie die Tür zum Chefzimmer, in dem Severin Günter hinter einem viel zu großen Schreibtisch residierte.

„Ich habe zu tun. Um was geht es?", fragte er eine Idee zu leise.

Eine Begrüßung hört sich eigentlich anders an, dachte sich Reischl.

Marion und Reischl schauten sich an und hatten den gleichen Gedanken. Dieser Severin Günter hatte genau die Sekretärin, die zu ihm passte. Während sie aufrecht wie ein Feldwebel allein mit ihrer Haltung Respekt einforderte, wirkte er wie ein schüchterner, unsicherer Zeitgenosse, der sich in seiner Haut überhaupt nicht wohlfühlt. Wer ihn so in seiner beruflichen Umgebung sah, musste sich fragen, wie ein derartig unbeholfen wirkender Typ zu einer solchen Position gelangt war. Er war immerhin Geschäftsführer einer ziemlich bekannten Cateringfirma. Aber es gab ja die erstaunlichsten Karrieren, die allzu häufig mit Protektion zu erklären waren. Sicher war es auch hier so.

Severin Günter hatte seine Ausbildung an einer Landwirtschaftsschule absolviert und sich mit bescheidenem Erfolg als landwirtschaftlicher Berater versucht. Da kam das Angebot, die Geschäftsführung in der Firma seines Onkels zu übernehmen, gerade recht. Der Onkel wollte sich aus Altersgründen zurückziehen und war irrtümlich der Meinung, dass jemand mit einer Ausbildung in der Landwirtschaft prädestiniert sein müsse, eine Cateringfirma zu führen. Nun ja, beides hat ja gewissermaßen mit Lebensmitteln zu tun, aber das war es auch schon mit den Parallelen.

Als die Geschäfte der Cateringfirma immer schlechter liefen, kam dem völlig überforderten Geschäftsführer Günter ein Zufall zu Hilfe. Die Firma 'frost & lecker' war auf der Suche nach neuen Absatzkanälen auch bei ‚RBC' vorstellig geworden und hatte sich als Lieferant angedient. Im Rahmen dieser Geschäftsanbahnung kam es dann zum überraschenden Wiedersehen von Lüneburg und Günter. Sie hatten sich nach ihrer gemeinsamen Ausbildung auf der Landwirtschaftsschule aus den Augen verloren.

Mit der neuen Geschäftsverbindung zur Firma 'frost & lecker' verband Severin Günter große Hoffnungen. Hatte ihm doch sein Freund früherer Tage schnelle Hilfe in Form von besonders günstigen Einkaufsmöglichkeiten in Aussicht gestellt. Diese vermeintliche Unterstützung sah jedoch anders aus, als von Günter erwartet. Das Konzept, das Lüneburg ihm präsentierte, hatte nämlich keineswegs positive Auswirkungen auf die Geschäftsergebnisse von ‚RBC', weil für die Tiefkühlkost, die bei 'frost & lecker' abgezweigt wurde, der volle Preis zu zahlen war. Die für Günter reizvolle Perspektive bestand vielmehr darin, dass er mit 50% an den illegalen Erträgen beteiligt werden sollte.

Dieser Vorschlag kam ihm sehr gelegen, weil sein Onkel ihm nämlich einen Vertrag aufgedrängt hatte, in dem nur ein geringes Festgehalt festgeschrieben worden war. Der überwiegende Teil seiner Einkünfte sollte vom Erfolg bestimmt werden. Das war für ihn äußerst fatal, was er jedoch bei der Unterzeichnung des Vertrages noch nicht wusste. Er hatte darauf gebaut, dass der Laden unter seiner Regie super laufen würde, sah sich jedoch in dieser Annahme getäuscht. Dass der mangelnde Erfolg an seiner Unfähigkeit, gepaart mit ausgeprägter Faulheit liegen könnte, kam ihm nicht in den Sinn.

Nachdem sie am Konferenztisch Platz genommen hatten, begann Reischl: „Herr Günter, wir haben ein paar Fragen an Sie, die Ihre

Geschäfte mit der Firma 'frost & lecker' betreffen. Wir haben…"

„Was soll damit nicht in Ordnung sein?", viel Günter ihm ins Wort.

„Jetzt lassen Sie mich bitte ausreden. Können Sie uns etwas über diese Geschäfte berichten?" Reischl erwartete nicht wirklich eine ergiebige Antwort.

„Was soll damit sein? Wir kaufen bei verschiedenen Lieferanten ein, so auch bei ‚frost & lecker'. Ich wüsste nicht, was daran für die Polizei von Interesse sein sollte."

Günter versuchte ruhig und souverän zu wirken, was ihm aber gründlich misslang. Seine Aufregung drückte sich dadurch aus, dass er ständig mit einem Kugelschreiber hantierte.

Reischl räumte ein, dass ihn die Geschäfte eigentlich nicht weiter interessieren würden, zumal zu gegebener Zeit wohl die Kollegen vom Betrugsdezernat in dieser Sache noch tätig werden würden. Bei dieser Bemerkung wurde Günter noch eine Spur blasser als er ohnehin schon war.

„Wo waren Sie eigentlich am letzten Donnerstag zwischen 10 und 12:00 Uhr?", fragte Reischl ihn unvermittelt.

Jetzt war es auch um den letzten Rest Beherrschung bei Günter geschehen. „Ich verstehe die Frage nicht", stammelte er.

„Sie verstehen die Frage sehr wohl. Sagen Sie uns einfach wo Sie waren. Das ist ja noch nicht so lange her, der werden Sie sich wohl noch erinnern können." Reischl hatte längst bemerkt, dass Günter in arge Bedrängnis geraten war.

Nach einiger Bedenkzeit behauptete Günter, er habe eine Besprechung mit dem Geschäftsführer von 'frost & lecker' gehabt. Sie hätten sich beim ‚Huberwirt' zu einer gemeinsamen Brotzeit getroffen. Natürlich könne das der Herr Lüneburg bestätigen.

Reischl nahm das mit einem Lächeln zur Kenntnis und merkte an, dass man das überprüfen werde.

„Sagen Sie, Herr Günter, der Toyota vor der Tür, ist das Ihr Fahrzeug?", setzte er nach.

„Ja, das ist mein Firmenwagen, warum fragen Sie?" Günter war sichtlich überrascht. Er sah keinen Sinn in dieser Frage.

„Ach, nur so. Ein schönes Auto.", wiegelte Reischl ab.

„Ja, sehr, ich bin sehr zufrieden." Günter war offensichtlich erleichtert, dass Reischl sich jetzt für Belanglosigkeiten interessierte.

Jetzt erhob sich Reischl und deutete an, dass es das wohl gewesen wäre. Doch dann fiel ihm noch etwas ein: „Ach, Herr Günter, ich habe da auf dem Schreibtisch Kataloge gesehen, offensichtlich eine Leistungsübersicht von ‚RBC', könnten wir da vielleicht ein Exemplar mitnehmen? Vielleicht ist das ja für die Kantine im Präsidium interessant."

„Selbstverständlich gerne." Günter gab Reischl ein Exemplar. Vielleicht tat sich da eine neue Umsatzchance auf.

Dann verabschiedete man sich, Herr Günter möge die Störung entschuldigen, aber man tue ja nur seine Pflicht.

Im Auto verstaute Reischl den Katalog vorsichtig in einer Plastiktüte. Marion war schon aufgefallen, dass er das Schriftstück mit äußerster Vorsicht entgegengenommen und nur am Rand angefasst hatte. Ihr Chef war eben doch ein umsichtiger Kriminalbeamter.

***

35

Unmittelbar nach Rückkehr ins Präsidium erfuhren Reischl und Marion, dass man Lüneburg festgesetzt hatte. Die Vernehmung bezüglich der illegalen Geschäfte hatte zu keinem Ergebnis geführt. Lüneburg hatte sich zunächst in Widersprüche verwickelt und schließlich die Aussage verweigert. Mit dem Hinweis auf die Fluchtgefahr gab es einen richterlichen Beschluss, demzufolge Lüneburg in Untersuchungshaft genommen wurde.

„Na, das ist ja mal eine positive Nachricht", meinte Reischl, denn jetzt war sichergestellt, dass Lüneburg und Günter keine Chance mehr hatten, irgendwelche Absprachen treffen zu können.

Marion erledigte indessen den Auftrag, den ‚RBC'-Katalog umgehend durch die KTU überprüfen zu lassen. Wenn sich die Annahme Reischls bestätigte, war es sehr wahrscheinlich, dass man die Fingerabdrücke von Günter irgendwo im Umfeld des Tatorts würde nachweisen können. Reischl war sich nämlich ziemlich sicher, dass es sich bei dem Wagen von Günter um das auf dem Parkplatz gesichtete Fahrzeug handelte.

Und er hatte sich nicht getäuscht: Die Fingerabdrücke, die Günter auf dem Katalog hinterlassen hatte, waren mit den am Tatort sichergestellten Spuren abgeglichen worden. Das Ergebnis entsprach Reischls Erwartungen. Auf dem unter einem Gebüsch neben dem Parkplatz gefundenen Handy gab es Fingerabdrücke, die mit denen von Günter auf dem Katalog identisch waren.

„Jetzt haben wir ihn", murmelte Reischl und schaute Marion zufrieden an. „Das wird für einen Haftbefehl reichen."

Kurze Zeit später tauchten erneut Beamte der Kripo bei Severin Günter im Büro auf und präsentierten ihm den Haftbefehl. Er sei dringend verdächtig, am Mord an Martin Seidl beteiligt gewesen zu sein. Ungewohnt lautstark versuchte sich Günter dieser Amtshandlung zu widersetzen, allerdings vergeblich. Den Versuch, seinen Auto-schlüssel an seine Sekretärin zu übergeben, verhinderten die Beamten mit dem Hinweis, das Auto sei beschlagnahmt und würde zur Sicherung von Beweismitteln einer Untersuchung durch die KTU unterzogen.

Dem ohnehin ziemlich farblosen Günter war auch noch der Rest Farbe aus dem Gesicht gewichen. Aber es half nichts, er musste auf dem Rücksitz des Polizeifahrzeugs Platz nehmen und wurde auf dem kürzesten Weg ins Präsidium gebracht, wo es für ihn ziemlich ungemütlich werden sollte.

Inzwischen hatte die Staatsanwältin, Frau Andrea Zimmermann, dafür gesorgt, dass Ludwig Lüneburg wegen des Mordes an Martin Seidl verhört werden konnte. Er saß zwar wegen seiner kriminellen Geschäfte in Untersuchungshaft, aber der Verdacht, den Mord an Martin Seidl begangen zu haben, wog natürlich ungleich schwerer. Die Aufklärung dieses Verbrechens hatte oberste Priorität.

Das Verhörzimmer, in das man Lüneburg gebracht hatte, strahlte den herben Charme eines Amtszimmers früherer Zeit aus. Aber darauf kam es jetzt nicht an, es ging ausschließlich um die Wahrheitsfindung. Reischl und Marion saßen dem Beschuldigten gegenüber, der sich selbstsicher mit einem Anflug von Überheblichkeit zurücklehnte. Hinter einer verspiegelten Scheibe verfolgte die Staatsanwältin das Geschehen.

Lüneburg wartete gar nicht erst auf eine Frage, vielmehr eröffnete er das Gespräch.

„Sehe ich das richtig, Sie sind doch von der Mordkommission? Was haben Sie eigentlich mit den Vorwürfen zu tun, die man mir wegen meiner Geschäfte macht? Sie werden sehen, das sind alles unhaltbare Behauptungen. Man wird mich schon bald freilassen müssen." Er gab sich so, als könne man ihm nichts anhaben.

Innerlich fühlte Reischl so etwas wie einen Triumph. Er wusste ja genau, welche Karten er auszuspielen hatte. Günter und Lüneburg waren eng befreundet, hatten gemeinsam von krummen Geschäften profitiert und mussten beide ein starkes Interesse daran haben, dass dies nicht an die große Glocke gehängt wurde. Um dieses Ziel zu erreichen, gab es nur einen Weg. Martin Seidl, der ihnen auf die Schliche gekommen war, musste verschwinden. Wenn nun Günter zweifelsfrei am Tatort war, musste doch davon ausgegangen werden, dass auch Lüneburg dabei war.

„Herr Lüneburg, wo waren Sie am letzten Donnerstag zwischen 10 und 12:00 Uhr?", fragte Reischl ihn.

Spontan kam die Antwort: „In meinem Büro."

„Erzählen Sie keinen Unsinn, wir wissen, dass Sie nicht im Büro waren, denn Frau Brandner hat Sie angerufen, sie waren unterwegs." Reischl hatte es gar nicht gerne, wenn man ihn auf den Arm nehmen wollte.

„Ja, warten Sie..., ah, ich erinnere mich. Ich hatte eine Besprechung mit dem Chef der Firma ‚RBC', Herrn Günter."

„Und wo bitte fand dieses Meeting statt?" Reischl war gespannt, ob er nun die gleiche Lügengeschichte zu hören bekam, wie vorher von Günter.

„Ich war bei ‚RBC'. Wir haben uns im Büro von Severin Günter unterhalten. Sie können ihn fragen, er wird das bestätigen", behauptete Lüneburg dreist.

Jetzt antwortete Reischl mit einem leicht süffisanten Unterton: „Das ist ja interessant, Herr Günter war nämlich zu dieser Zeit mit Ihnen beim ‚Huberwirt'. Ich glaube, Sie wollen uns hier das Märchen vom Pferd erzählen. Ihr Alibi ist keinen Pfifferling wert."

Es dauerte einen Moment, bis Lüneburg diesen Konter verdaut hatte. Dann versuchte er, die Kurve zu kriegen, indem er eine neue Lüge auftischte:

„Entschuldigung, es stimmt, ich muss mich korrigieren, wir waren erst beim ‚Huberwirt' und anschließend in Günters Büro."

Er bemühte sich, irgendwie aus dem Dilemma herauszukommen. Wie konnte Günter denn auch nur eine solche Aussage machen? Da hätte er doch wohl vorher mit ihm sprechen müssen. Lüneburg wirkte jetzt total verunsichert.

Reischl wollte ihn noch mehr in die Enge treiben: "Herr Lüneburg, Ihr Lügengebäude steht auf ziemlich wackligen Füßen. Sie hätten wissen müssen, dass der ‚Huberwirt' am Donnerstag eine geschlossene Gesellschaft hatte. Sie waren also genauso wenig dort wie Ihr Komplize. Also, wo waren Sie in der fraglichen Zeit und was haben Sie da getrieben?"

Lüneburg schwieg. Er hatte das Gefühl, gewaltig in der Tinte zu sitzen.

„Na gut", ergänzte Reischl, „dann will ich Ihnen sagen, wo Sie waren. Sie haben gemeinsam mit Günter auf dem Parkplatz in Waldskofen Martin Seidl aufgelauert. Dort haben Sie Seidl niedergeschlagen und ihn dann in ein Kühlabteil des Lieferwagens verfrachtet. Was sagen Sie dazu?"

„Sie fantasieren. Das ist eine Frechheit, eine unglaubliche Unterstellung. Was erlauben Sie sich?" Lüneburg machte jetzt nicht mehr einen so sicheren Eindruck. Seine Reaktion hatte eher etwas mit Verzweiflung zu tun.

„Das ist keine Unterstellung, sondern die Wahrheit. Wir können zum Beispiel beweisen, dass Ihr Freund am Tatort war. Und Sie haben kein belastbares Alibi. Es spricht also alles dafür, dass Sie dort gemeinsam mit ihm agiert haben. Ich empfehle Ihnen dringend, die Lügerei zu lassen."

„Was ich gesagt habe, entspricht den Tatsachen. Wenn Sie mir nicht glauben - Ihr Problem. Ich sage jetzt gar nichts mehr."

Er wirkte eingeschnappt, tatsächlich wollte er sich wohl nicht noch mehr in Widersprüche verwickeln.

Die Tür ging auf und Reischl wurde ein Zettel mit einer offensichtlich interessanten Neuigkeit hereingereicht. Reischl nahm kurz Notiz von dem Inhalt und sah Lüneburg dann lange an.

„Herr Lüneburg, es wird immer enger für Sie. Ihre Fingerabdrücke wurden sowohl am Fahrzeug von Martin Seidl als auch im Wagen ihres Freundes Günter gefunden."

Lüneburg reagierte ungehalten. „Na und? Es ist ja wohl nicht ungewöhnlich, dass der Chef eines Unternehmens auch mal die Fahrzeuge des eigenen Fuhrparks inspiziert. Und mit meinem Freund Günter bin ich öfter unterwegs, also ganz normal."

„Herr Lüneburg, bleiben Sie bei den Fakten. Als Chef von 'frost & lecker' haben Sie sich noch nie um die Fahrzeuge gekümmert. Der Wagen von Seidl ist am Abend vor dem Mord gewaschen worden. Das hat uns der Lagerleiter, Herr Moser, bestätigt. Also müssen Sie am Donnerstag, als der Mord geschah, mit dem Fahrzeug in Berührung gekommen sein. Wobei wir mit Sicherheit wissen, dass Sie am Donnerstag gar nicht in der Firma waren. Ihre Fingerabdrücke wurden an der Tür des Kühlabteils nachgewiesen, in dem man später die Leiche von Martin Seidl gefunden hat. Und außerdem gibt es Ihre Fingerabdrücke an den

Einlegeböden, die sie aus dem Abteil entfernt haben, damit Seidl überhaupt hineinpasste."

Bei diesen Worten Reischls wurde der ohnehin nicht mit besonders beeindruckendem Wuchs ausgestattete Lüneburg noch kleiner. Er sank gewissermaßen in seinem Stuhl zusammen.

„Und noch etwas", fügte Reischl an, „der auf dem Parkplatz gesichtete Toyota gehört zweifelsfrei Ihrem Komplizen. Die KTU konnte das anhand der Reifenspuren inzwischen nachweisen. Also sehen Sie endlich ein, dass jegliches Leugnen zwecklos ist."

Lüneburg kauerte auf seinem Stuhl und reagierte zunächst nicht. Plötzlich - er hatte sich wohl zu einem Strategiewechsel entschlossen - erklärte er, dass er sehr wohl auf dem Parkplatz gewesen sei, aber mit dem Mord nichts zu tun habe. Ja, er wäre mit Günter gemeinsam nach Waldskofen gefahren, um Seidl zur Rede zu stellen. Sie hätten versucht, Seidl zur Vernunft zu bringen. Der hätte jedoch dermaßen unverschämte Forderungen gestellt, dass Günter ausgerastet sei und ihm mit einem der herumliegenden Äste eins übergezogen hätte.

Reischl hörte interessiert zu, reagierte aber nur mit einem „Weiter!"

Lüneburg verlangte nach einem Glas Wasser, das ihm umgehend gereicht wurde. Nach einem kräftigen Schluck erklärte er, sie hätten beide einen fürchterlichen Schreck bekommen, weil Seidl kein Lebenszeichen mehr von sich gab. In

Panik hätten sie den leblosen Körper in ein Kühlabteil des Wagens gesetzt.

„Sie tun hier so, als wäre alles mehr oder weniger im Affekt abgelaufen. Warum haben Sie dann Seidl das Handy abgenommen, den Akku entfernt und dann das Handy im Wald entsorgt. Das sieht sehr nach einem Plan aus." Reischl glaubte seiner Geschichte nur zum Teil.

Sie hätten sich nach diesem schrecklichen ‚Unglück' ins Auto gesetzt und überlegt, was nun zu tun sei. Es war dann Günters Idee, das Handy verschwinden zu lassen, damit Seidl nicht so schnell gefunden würde. Er, Lüneburg, müsse mit Nachdruck darauf hinweisen, dass er mit der Tat nichts zu tun habe. Die sei allein von Günter zu verantworten. Dessen Idee sei es auch gewesen, Seidl in das Kühlabteil zu setzen.

Marion, die während des ganzen Verhörs sehr aufmerksam zugehört und das Gespräch aufgezeichnet hatte, schaute Reischl zweifelnd an. Sie konnte sich eigentlich nicht vorstellen, dass ausgerechnet der schüchterne, unbeholfene Günter federführend gewesen sein sollte. Reischl erwiderte ihren Blick und sie war sich sicher, dass er genauso dachte.

„Also Herr Lüneburg", kam Reischl zum Schluss, „das hört sich alles ziemlich abenteuerlich an. Sie sind ja das reinste Unschuldslamm. Sollen wir wirklich glauben, dass Sie völlig unbeabsichtigt da nur mal so eben reingerutscht sind und Ihr Freund der treibende Keil war? Ich bin gespannt, was der dazu zu sagen hat. Günter sitzt nämlich inzwischen im Nebenzimmer und wartet darauf, dass er seine Version vom Tathergang erläutern darf."

Lüneburg zuckte wiederum zusammen. Offenbar befürchtete er, bei einer Aussage Günters schlecht wegzukommen. „Glauben Sie ihm kein Wort", wandte er deshalb ein, „Günter nimmt es mit der Wahrheit nicht so genau, er ist dafür bekannt, dass er lügt."

„Na, da haben Sie sich aber einen sauberen Freund ausgesucht."

Dann stand Reischl auf und verließ den Raum. Marion folgte ihm, während ein Beamter Lüneburg in seine Zelle begleitete.

***

36

Das Verhör von Severin Günter verlief so, wie Reischl es erwartet hatte. Günter leugnete, am Tatort gewesen zu sein. Es sei ihm unerklärlich, wie sein Fingerabdruck auf das Handy des Toten gelangt sein könne. Es müsse sich wohl um einen Fehler der KTU handeln. Auch den Nachweis, sein Auto sei auf dem Parkplatz gewesen, müsse er anzweifeln. Das könne nicht sein, er wisse gar nicht, wo dieser ominöse Parkplatz in Waldskofen sei.

Reischl staunte über dieses gerüttelt Maß an Unverfrorenheit. Günter räumte die Vorwürfe auch nicht ein, nachdem ihm vorgehalten wurde, dass sein Freund vorher behauptet hätte, er, Günter, hätte Seidl niedergeschlagen und sei für dessen Tod allein verantwortlich.

„Der redet Unfug, um sich selbst zu entlasten. Vielleicht hat er ja den Seidl umgebracht, ich habe jedenfalls damit nichts zu tun."

Reischl kam schnell zu dem Schluss, dass er Günter nicht zu einem Geständnis würde bewegen können. Er beendete deshalb das Verhör, nicht ohne Günter zu erklären, dass eine Verurteilung der beiden Freunde wegen gemeinschaftlichen Mordes wohl unausweichlich sei. Zwar gäbe es noch eine geringe Chance, dass die Anklage nur auf Totschlag lauten könne, aber aus seiner Sicht wären die Kriterien für einen Mord gegeben. Schließlich seien ja wohl die Tatbestandsmerkmale Heimtücke und Habgier zu unterstellen.

„Der Staatsanwaltschaft liegen genügend Beweise vor, um sie für lange Jahre aus dem Verkehr zu ziehen. Die Gerichtsverhandlung wird sicher kein Zuckerschlecken für Sie, viel Spaß."

Mit diesen Worten verabschiedete sich Reischl. Er war zufrieden, endlich Licht in das Dunkel gebracht zu haben.

„Komm Marion, ich lade Dich auf einen Drink beim ‚Huberwirt ein'. Heute hat der nämlich geöffnet."

***

37

Es kam, wie Reischl angekündigt hatte. Die Beweise waren erdrückend. Die Angeklagten hatten ein Motiv, ihre Anwesenheit am Tatort konnte nachgewiesen werden. Sie beschuldigten sich zwar gegenseitig, was aber nichts half. Ihnen wurde nachgewiesen, gemeinschaftlich den Mord an Martin Seidl aus Habgier geplant und heimtückisch begangen zu haben. Die Version, dass das Ganze nur ein Versehen gewesen wäre, und man Seidl nur einen Denkzettel verpassen wollte, konnte den Richter nicht überzeugen.

Die Firma 'frost & lecker' in Rosenheim bekam eine neue Filialleiterin. Was lag näher, als Bärbel Winter, der bisherigen Sekretärin, das Vertrauen zu geben. Sie hatte ohnehin bisher die Geschäfte geführt. Auf den sich selbst grenzenlos überschätzenden Ludwig Lüneburg konnte das Unternehmen leicht verzichten. Allerdings fiel aus naheliegenden Gründen ein Kunde für die Zukunft aus. Der Onkel von Severin Günter sah sich nämlich außerstande, das Unternehmen ‚RBC' angesichts der bedrohlichen Lage, in die Günter es gebracht hatte, weiterzuführen und liquidierte die Firma.

Für Severin Günter und Ludwig Lüneburg, inzwischen Insassen der JVA Traunstein mit längerer ‚Aufenthaltsverpflichtung', begann nun eine Zeit, in der das Angebot an Tiefkühlkost und sonstigen Lebensmitteln deutlich knapper ausfiel, als bisher gewohnt. Aber damit sollte man rechnen, wenn man einen längeren Aufenthalt in einem derartigen Etablissement ‚bucht'.

***

Geld macht nicht korrupt.
Kein Geld schon eher.

*

Dieter Hildebrandt